新概念文丛 王德领 主编

邵燕祥 著

短article

江苏凤凰文艺出版社
JIANGSU PHOENIX LITERATURE AND
ART PUBLISHING, LTD

"新地文丛"前记

郭　枫

我在1956年设立新地文学出版社,创办以纯文学为内容的《新地文学》月刊,并联合纯文学刊物《文学季刊》《笔汇》,汇集了台静农、徐复观、王梦鸥、何欣、郭枫、陈映真、齐益寿、黄春明、蒋勋等三十多位前辈与后进作家,创作写实作品,传递中国新文学薪火。

1983年"新地"又创办《文季》双月刊,刊出许多反映现实的作品。如陈映真的《华盛顿大楼》系列小说,反映美日在台企业劳工生活的情景;郭枫散文《老家的树》反映祖国人民抗战期间生活的情景(此书多篇被收入大陆各版本中小学教科书)。1986年新地文学出版社又在台湾印行《当代中国大陆作家丛刊》,分七卷,收书七十部,包括:汪曾祺、王蒙、莫言、铁凝、王安忆、张承志等数十人的小说集,北岛、顾城、舒婷等人的诗集。对台湾文学承接祖国文学风格,产生相当的影响。

二十世纪九十年代,"新地"创办《新地文学》季刊,专登各地华文作家作品,又主办"21世纪世界华文文学高峰会议",2010年在台湾大学、2012年在东海大学、2014年在南京大学、2016年在马来西亚南方大学;另主办"世界华文古典文学会议",2015年在南京大学;"鲁迅文学国际研讨会",2015年在台北教育大学。

"新地"从上世纪五十年代到新世纪当下,做了一些文学人生该做的工作,达成一些少年憧憬的文学梦想。说起来这条路崎岖坎坷,走了七十年差不多心力俱竭。然而,结识了许多杰出的好友,写出了一些时代的踪影;日之夕矣,犹能在文学园地干点活儿,实在得感谢苍天厚爱护佑。

江苏凤凰文艺出版社,有意出版"新地文丛"套书,不仅在大陆出版界是饶有意义的壮举,也为两岸文学交流工作加上美好的一笔。我衷心敬佩,欣然同意主编丛书,并表示义务工作。承蒙海内外文友热情协助,半年时间"新地文丛"第一辑,已由江苏凤凰文艺同仁勤奋编制中。让我不禁赞叹,古城南京为中国文学名都,江苏凤凰文艺出版社驰名全国,盛誉非虚,其来有自。

——郭枫 2018 年 10 月 9 日深夜　南京

简介

郭枫(1930——　)江苏徐州人,1949 年羁泊台湾。诗人、散文家、文学评论家、著作 28 部。2016 年定居南京,偶为报刊写稿,担任全国台湾同胞联合会会刊《台声》杂志专栏作家,为南京大学特聘文学院客座教授。

目录

1	小引
1	关于"九叶"
3	诗人黄秋耘
10	一诗一世界
13	《智慧是用水写的·辛笛传》序
20	合肥去来
24	短诗长跋
26	少年十五二十时
35	通吗,不通?
39	蔡诗印象——读蔡其矫"大地系列""海洋系列"笔记
49	岁暮忆胡昭
56	诗之草
60	绿原的诗——给"绿原诗歌创作研讨会"的贺信
64	带一本"李白"去皖南
69	读穆旦,读查良铮
72	普希金咏蝗虫诗
75	无题
81	谁为阿拉木汗咳嗽?
84	关于《阿拉木汗》的歌词

88	一个摭拾断句的孩子
92	给灰娃的信
95	跟叶至善一起唱古诗词
105	邂逅旧书（三则）
111	给童蔚的信——读《嗜梦者的制裁》
122	屠岸旧体诗作漫评
133	牛汉：当代诗人第一
137	一位吹芦笛的民间歌手
140	曾卓：永远的友人与爱人
150	一九六三年的邂逅
155	诗人黄苗子
159	丁图的诗
163	诗话二则
170	读荒芜遗诗
181	致冯立三·谈当代旧体诗
189	诗酒忘年怀罗孚
194	再说罗孚
198	读刘福春《中国新诗编年史》
200	写给牛汉追思会的信
202	跟着严辰编《诗刊》
227	柳荫：最后的一位"晋察冀诗人"
237	读张宝林诗
243	读《尝试集》，赞今诗词——《海内外名家诗词荟萃》代序

小　引

　　书名《品诗》，不敢妄攀《诗品》，那是千百年前的独到品评，本身就是司空图清雅的诗句。

　　现在学术分工日趋细密，乃有诗歌理论家，诗歌批评家，诗歌鉴赏家，有的囊括新诗旧体，有的则分别品鉴古典诗或现代诗，术业各有专攻，有时又集中力量打歼灭战，例如目下借传媒重提传统文化的"东风"，一时唐诗"走红"，注家蜂起，解人多多，仿佛非做到家喻户晓、老少咸知不可，于是电视诗会、出版市场，百花齐放，不一而足。

　　这本小书，却不是这一潮的产物。它既不成体系，也无虞高深，不怕粗浅，但存真诚。这只是一个爱读诗也爱写诗的人，近年就诗说诗——顶多稍涉诗人的读后感，不作"诗歌乌托邦"语。

　　我从年轻时就有逆反心理，十分厌烦倚老卖老、强加于人之风，至今也有了一把年纪，但尚知自律，不敢好为人师。我虽习诗几十年，自忖都无足道，因为个人的经验局限太大，有些经验包括阅读和欣赏的体会，或只适用于一时一地一人。不过，回头看看，我在写诗的路上走过不小的弯路，浪费过时间与才情；几十年间也颇有些进进退退，其间有变，也有不变。这本书里所写的，是我现在所持的态度和观点,以及未曾否定的记忆。自然,都只是一家之言,仅供读者过目参照而已。

我相信,文学是人学,诗是人之歌。人世间,亿万人口,各样的人,各样的灵魂,各样的精神世界,都会通过诗歌表现自己。因此,我们每一位读者,放眼世上的诗歌,视野宜宽,胸怀宜广。对各样的诗作,说好说坏,说真说伪,喜欢或不喜欢,该相信读者的智商和情商,相信人们自由的选择。说到底,我总是希望诗歌的路子越走越宽广,而不是统一诗风,甚至统一诗体,统一标准,处处设限,定于一是,那就没有诗,或说没有真正的诗了。

题为小引,不再啰嗦。祝愿新诗旧体,各展所长,新人辈出,各有发展;茂林修竹,高松碧草,一望无际,绿满天地之间!

邵燕祥

2018年9月8日,白露

关于"九叶"

"九叶"的九位诗人,辛笛、袁可嘉、穆旦、杜运燮、陈敬容、曹辛之、唐湜、唐祈、郑敏,分别从三十年代或四十年代开始他们的创作活动。按照习惯的文学史分期,他们是跨现、当代的作者。他们是二十世纪四十年代后期,集聚在上海《中国新诗》及《诗创造》的诗人群体的杰出代表。他们的诗作所达到的思想、感情、艺术境界,是二十世纪中国重要的诗歌现象。他们不仅属于文学史的研究者,也属于所有诗歌和文学的真正读者。

我说两点感想。

一、应该感谢江苏人民出版社在七〇、八〇年代之交,推出《九叶集》,这是堪称有胸怀、有远见的一项创举。当时拍板的是学者型的领导章品镇。诗人丁芒作为责任编辑,也为此做出了很大努力。过来人只要回想一下当时的情景,虽然已经高扬起思想解放的旗帜,但是包括文学界和出版界在内,还有许多禁区,许多清规戒律有待打破;光是诗歌写作和阅读中的老观念、老习惯,就会形成阻力,何况还有政治上宣传上的"口径"。比如杜运燮的名作《滇缅公路》,由于对抗日战争战史的阐释问题而不能入选。从这一点说,后来在各种诗的选本和诗人自己的诗集中,《滇缅公路》一诗得以收入,并在新时期继续流传,不能不说标志着一个不小的社会进步和文化进步。自然,任何社会进步和文化进步都不是一帆风顺的,这就不待说了。

二、现在我们把"九叶"诗人视为一个诗歌流派。这在很长的时期里是不可想象的。在泛政治的格局里,即使是诗,是诗人,也只能有左派、"右派"的区分,革命、不革命、"反革命"的区分,所谓革命现实主义和革命浪漫主义是主流,后来又加上民歌体或准民歌体才算是"中国老百姓喜见乐闻"的民族形式,其他不足论矣。围绕胡风主编的文学和诗歌刊物的作者群,轻而易举地定成了"反革命集团"。其实,其中许多人彼此并不相识,只不过在抗日和反蒋的大方向上相同,在自由诗体的风格上相近,他们当时本是没有流派自觉的。"九叶"的情况也差不多,他们中有人是在编辑《九叶集》时才头次见面。作为"九叶"理论代表的袁可嘉为《九叶集》写了序言,走在文学史研究者前面界定了这一流派。

但诗人总是作为个人存在着的。因此,现在对"九叶"诗人的研究,我以为应该转而把注意转向每一位诗人及其诗作。流派研究着重阐发他们的共性,而这一流派所以值得我们重视,乃是由于其中每一位都是个性卓异的诗人,他们分别对整个现代诗做出了自己独特的贡献。如果不是这样,只是一群作者,打旗号,立山头,"联手作战",而拿不出有特色的作品来,那种组合无论是紧密的或松散的,恐怕都与诗歌、与文学无关。

最后,祝健在的"九叶"们健康。愿已故的几叶安息。

2001年7月24日
(在中国现代文学馆召开的研讨会上的发言)

诗人黄秋耘

听到秋耘的噩耗,我无言。逡巡久之,捧起他的《旧梦吟草》,默读再三。这是秋耘倩人打印在宣纸上,亲手改错并装订的,只有三十几面的薄薄小册。再对照花城版四卷本文集中的诗词一辑,增加了新作四首,共三十题三十四首,也只占薄薄的三十页。

回想四十多年前,初读秋耘文章,留下不灭印象的是他《不要在人民的疾苦面前闭上眼睛》《刺在哪里?》《锈损了灵魂的悲剧》以及《犬儒的刺》等短论,随后在反"右派"时看到他和秦兆阳、韦君宜一起受到批判的报道;六十年代他以《杜子美还家》《鲁亮侪摘印》昙花一现,又在"文革"中受到更激烈的批判。直到八十年代他发表的《丁香花下》一组情文并茂的忆旧散文,"血泪文章战士心",在当代散文中独树一帜;特别是以"欲语惟真,非真不语"的态度写下的《风雨年华》,不仅是生平实录,而且是对历史的反思(因触忌讳,初版删夷不全,数年后始获增订出版),在回忆录写作中率先冲击了作伪和文饰的恶劣文风,表现了作者的人格和勇气。

秋耘说他最喜爱的文学形式还是散文。在他全部文字遗产中,诗的数量似乎太小了,尽管如此,反复斟酌的结果,我以为盖棺论定,他首先是个诗人。不仅因为他毕生所执著的追求,以及由此而来的爱与憎,悲哀和愤怒,都与他几近天赋的诗人气质分不开,而且,他最擅长的散文写作,也流贯着诗的气韵,都是以诗人之眼,诗人之心,诗人之笔,发而为文的。

早在1933年夏秋,十五岁的秋耘随叔父登八达岭长城,领略北地风光的同时,也为日本帝国主义的长驱直入忧心如焚,咏了一首七律:

> 长城万里复何如,难阻临洮牧马胡。
> 掘井讵能临渴日,补牢应在失羊初。
> 关山到处连烽火,春燕何年巢舍庐。
> 休怪嬴秦亡太速,祖龙长策在焚书。

秋耘的叔父看到这首诗,寄给了南社诗人廖蘋庵(平子)先生,廖先生的评语是:"诗的对仗虽不甚工整,但令侄髫年作此,亦可见其感时忧国之心也!"

从这时起,经过整个的抗日战争时期,秋耘投笔从戎,又一度系狱,留下的诗虽不多,但都是感时忧国的心迹:"安能楚囚相对泣,潇潇泪洒新亭边"(《访翠亨村孙中山故宅》),"拚将骸骨埋夷地,留得心魂为国殇"(《狱中作》),"敢有歌吟伤小别,愿为牛马报苍生"(《赠苏牧》),想见作者反法西斯不惜牺牲的壮心豪气。读他这些少作,不能不令人记起陆游感慨系之的"少年许国空衰老",为之三叹!

聂绀弩曾说旧体诗似乎格外宜于表现某种特定的感情状态。

在"文革"结束后,秋耘曾引用司马迁"诗三百篇,大抵圣贤发愤之所为作也"来注解"愤怒出诗人",说"无爱无憎,就没有诗",我们也在他的诗作里,看到了一代投身革命的知识者的血泪情怀。

《四十》以下几首未注明确切的写作年月,但诗稿编年为序,与他的忆旧和自述文相印证,可知大都为反"右派"后所作。

如《四十》:

四十方知卅九非,何期事与愿俱违。
反思自悔迷途远,毁誉宁惭举世知。
事有难言愁似海,情无诉处恨成丝。
感君扶病犹相忆,愧我临风涕泗垂。

这五六两句的情境,它所包涵的心路,是同代人心中或有,却未经人道的,古人虽亦有忠而见疑,或忧谗畏讥,但大环境和小环境都有不同,很难类比。

又如《无题》:

七月凉飙九月霜,无端秋草满池塘。
为丛驱雀谁登垄,(左目右完)彼牵牛不服箱。
深院忍听桐叶落,残阳欲尽百花黄。
廿年苦斗身名裂,留得丹心荐彼苍。

十几年前,秋耘曾抄此首题为《七月》,同另一首《四月》,以诗代柬寄我,而将第七句改作"卅年斗志坚如铁",由二十年而四十年,其间多少沧桑之感啊。

秋耘的《自叹》写尽了因言获罪、陷身笔祸的困惑和无奈:

> 误尽平生是一言,文章尔我各辛酸。
> 冤禽无力填东海,涸鲋犹知恋逝川。
> 执手相看惟泪眼,同心空自惜华年。
> 孔融杨恽终缧绁,敢怨明时只自怜。

在这里,"误尽平生是一言"乃从吴梅村"误尽平生是一官"脱胎,"文章尔我各辛酸"则是直接从黄节诗取来。秋耘是极喜"吾乡诗人黄晦闻"的,对他的《岁暮示秋枚》尤其别有会心。1967年大年夜,在中国作家协会的囚室里,秋耘把这首诗抄给难友陈白尘看:

> 来日云何亦大难,文章尔我各辛酸。
> 强年岂分心先死,倦客相依岁又寒。
> 试挈壶觞饮江水,不辞风露入脾肝。
> 何如且复看花去,蓑笠人归雪未残。

陈白尘看后,凄然良久,一本正经地说:"'文章尔我各辛酸'、'倦客相依岁又寒',这两句倒很贴合咱们当前的处境。不过,'强年岂分心先死'这一句我不赞成,心不能死,心一死,就什么都完了,连辛酸的文章也作不出来了,哀莫大于心死嘛!"

秋耘在《大年夜》一文里追忆了这件往事,说他当时对陈白尘这一番"一本正经"的话"只好报以苦笑"。二十多年后,1990新年将届时,他把黄节的这首诗又抄了一遍寄我,也还"一本正经"地写道:"呈雁翔方家粲正,并贺新年",我却连"报以苦笑"亦不得矣。

秋耘当时的诗,如果说《芦台道中》"廿载辛劳空自矢,一身功罪总难堪","北望都门倍惆怅,文章身世总阑珊"似乎还囿于失落之感,《遣怀》"明时原不容清议,盛世何人重胆肝……风雅宜从王者颂,文章空令士心寒",便于世情反覆间自作青白眼了。

秋耘惟一一阕词《踏莎行·悲怀》(1957年秋)则完整地写出了既是个人的又是一代知识者的命运:

乍暖还寒,忽风忽雨,最难耐此时天气。
哪堪春尽又秋残,落红万点天如醉。

一代英才,四方名士,可怜都作黄钟弃。
忍将冰炭置君肠,枕边终夜无干处。

枕边终夜无干处,那该就是"范滂孤愤灵均泪"(《寒灯》)了。

打印本的《旧梦吟草》附录了两位故人退之和陈实的题赠,知己之言,秋耘是十分珍视的;其中陈实的《踏莎行》二阕,参照阅读,当有助于我们更贴近地感受秋耘其诗和秋耘其人:

其一
尘世蹉跎,泥涂曳尾,少年豪气随流水。
邯郸道上已忘年,却难忘我兼忘世。

宠辱无端,死生无悔,任他人事交相累。
乘车戴笠旧时情,丁香花下从头记。

其二

无怨何忧,无求何愧,浮沉成败寻常事。
此心清浊有天知,等闲莫揾英雄泪。

看昔非今,看山非水,桑田沧海难如意。
逍遥斗室载琴书,人间便是蓬莱地。

  一个有良知的人,生于斯世,不能不是在各种矛盾之间忍受着精神的煎熬的痛苦的人。作为诗人,"不窃王侯不窃钩",但难免与忧患相伴一生,"老去杞忧无可寄,不从今日始伤情"。秋耘说,"对于和社会正义相对立的'丑'和'非'无动于衷、不感到义愤填膺的人,决不可能成为一个真正的诗人,不管他有多高的才华和智慧!""'温柔敦厚',决不可能是我们这一代的诗风!"(《义愤出诗人》)但当时当地,"吟罢低眉无写处",未容他以诗词成篇的,后来他悉数写为散文了。
  黄秋耘就是这样一个真正的诗人。

2001 年 11 月 4 日

  〔附记〕《黄秋耘文集》第三卷中的"旧梦吟草"一辑,有几处误排失校。如《故居》第一句"楼迟"应为"栖迟";《北行》第一句"乍高"应为"乍离";《狱中作》第一首第二句"刁头"应为"刁斗",又"起看"一句为第一首末句,误为第二首起句了;《芦台道中》诗题"台"误为"苔"。恐一时难以重版,特注出供读者参考。

一诗一世界

在我认了些字,喜欢东翻翻西看看的时候,读到一篇文章里引用的一首李白诗,只有四句,念着押韵好听,加以对仗易记,当时就记住了:

蜀国曾闻子规鸟,宣城还见杜鹃花。
一叫一回肠一断,三春三月忆三巴。

课外阅读,没人辅导,记住了不等于领会了。真正领会,是后来知道了子规鸟又叫杜鹃、杜宇,阳春三月杜鹃鸟飞鸣的时候,在南方正是漫山遍野杜鹃花开,这花又叫映山红、山踯躅,大概是因开花时候到处可听见杜鹃鸟叫,所以才叫杜鹃花。杜鹃又名布谷鸟,"布谷,布谷",唤人播种,而北方民间说它叫的是"光棍好苦",古书中则说其叫声是"不如归去",诗文爱用这个典故。

那时候粗知巴蜀是四川,并不确知宣城的方位,只晓得是下江的一个县城,李白曾经流浪到那儿。他在那儿看见了山野的杜鹃花,想起故乡这时的杜鹃正叫着"不如归去";劈头这两句,就有声有色,声是杜鹃鸟的叫声,色是杜鹃花的花色,一在故乡,一在异地,够游子魂牵梦萦的了。

接下来的"一叫一回肠一断,三春三月忆三巴",深化了游子的乡愁。仿佛真能从"一叫一回肠一断"这七个字里听到了一递一声"不如归去"的呼唤,让听到呼唤的人随声而柔肠寸断;仿佛从"三春三月忆三巴"这七个字里看到了家山的阳春烟景,杜鹃在蓝天飞鸣,杜鹃花遍地开放,三个扬声的"三"字都带着鲜亮明丽的阳光。

那关于子规鸟叫声是"不如归去"的附会,如一把钥匙,开启了全诗的意境,就足可使一个对李白身世知之不多的孩子在这个意境里徜徉。等到后来知道了李白的行踪,只不过大体摸索到这首诗编年的序位,于诗味的领略,并没有增益什么。

最近看到一篇关于作者和作品何者更重要的讨论。我想,对于文学研究者来说,"知人论世"是必要的,不知全人,有时对个别作品的诠释也许会发生某种程度的偏离;然而就一般读者的审美欣赏来说,作品是第一位的,凡是须得了解作者的身世处境多方背景才能读懂的作品,那作品是否有所欠缺?自然,有些社会性特强的作品,背景复杂,而作者又迫于时势或难言之隐而故作曲笔的,另当别论。

如果意在向小读者灌输文学史知识,作品选读只是意在举例,那么,强调在读作品的同时尽量多了解作者生平,也是可以理解的。如果只是向小读者进行审美的熏陶,功夫恐怕还要多用在就作品领会内蕴,至于作者是哪里人,做过什么官,生年卒年,活了多大岁数,并不是最重要的,不妨作准确简要的注明,但这部分就不必强求记诵了。让孩子死记硬背这些,顶多是为了应付某种考试,而考官一味出这样的题目，则似有冬烘先生之嫌，他们所致力的，实际上就是败坏孩子们审美的兴致和胃口，离古典诗文的普及教育很远很远了。

2003 年 2 月 1 日，羊年元旦

《智慧是用水写的·辛笛传》序

历史不容假设。一个人的历史也不容假设。一个人的历史落在书面上就是传记,记录的是已然的事情,不管有多少遗憾,也只能是这样而不是另外的样子。

王辛笛先生尽管有各种社会身份,而他的一生对中国来说,最重要的是他作为诗人的存在。

诗人辛笛,以九十高龄,回首来路,对得起他的祖国,他的家人,他的师友,他的读者,似乎"可以无憾矣";然而历数文学生涯,却又恐怕"未免有憾焉"。他所会有的遗憾,是跟我们这些读者的遗憾一致的:总括其一生,他写诗的历程被动荡的时代生生割成三段:早期从1933年至抗日战争开始,不过四五年光景;中期为抗战胜利后的1945年至1948年,三年多不到四年;后期则是1976年"文革"结束以还,已是将近七十岁之后的时光了。我们看到了累计三十多年的空白:在日本军队占领上海的八年中,辛笛蛰居,片纸无存;在1949年直至"文革"结束,辛笛除了在1957年5月一度较宽松的空气中写下《喜悦和感谢》(后改题《泉水来了,泉水来了》),泄露了他还不能忘情于诗以外,长期搁下了诗笔;当然,其间,在六七十年代,他写过一些赠答纪游的旧体诗,七绝为主,间有七律,都是绝不为发表的。他用笔十分谨慎,但情不自禁,在给挚友的篇什中,偶亦略见自怨之语,如:"窗下生憎少读书,笔因闲久渐生疏。元知獭祭无缘分,学写黄庭总不如"(《窗下》),"说论燃犀钦有道,闲愁游刃斩无端。未全抛撒妨行远,不尽缠绵剩倚栏"(《一九六二年十一月十一日诵槐聚居士(钱锺书)秋心诗因步原韵》),以及"邯郸学步勉追移","自恨愚顽悟道迟"(《农历除夕寄冰季乾就两兄》);从这些怨而不怒的流露,可见在文字狱频繁的年代,或者所谓知识分子必须"夹着尾巴做人"的年代,保持沉默以苟全性命,不失为一个明哲的选择,但在良知未泯的诗人,也必然同时是一个痛苦的选择。

辛笛童年和少年时期在学塾所受的儒家教育(在他的基础教育中这是主导的方面,当然后来他杂收博览,也受到老庄学说的影响),本来是入世的,濡染所及,连读诗也曾偏爱老杜、陆辛。直到在"孤岛"上海家中帮助郑振铎保藏几十箱国家珍贵书籍免遭日本的掠夺,以及在四十年代内战时期对上海进步文化界友人的道义支持,都表现出忧国忧民和急公好义的性格。

辛笛在南开中学和清华大学,则接受了五四新文化运动前后,"睁开眼睛看世界"的先驱们引进的现代文明的启蒙,其后,负笈英伦,更使他具有了现代知识分子的心态。他在四十年代末持反蒋的立场,正是由于他向往民主自由,反对专制独裁;我想,当时上海中共地下党组织,是把他定位为中间偏左的知识分子,属于团结之列的。然而,这不可能改变像他这一类的知识分子,毕竟难免在随后的共和国时期被视为"民主个人主义者"而必须改造的命运。

有人说过,性格即命运;也有人说过,政治即命运。某种性格遇到某种政治，那就该是逃不掉的宿命。

1945年到1948年，对于辛笛和他的同好者，虽然处于内战中，但毕竟不同于日本占领下，他们得以从事不自由时代里的自由写作。辛笛和他的同好们办的《诗创造》提倡对多种风格的包容，《中国新诗》更强调对诗作的艺术要求，为此遭到来自北方的谩骂式批判以至人身攻讦，但他们不怕，辛笛对自己的诗和诗观有信心，因此理直气壮；自然，这也还因为当时霸道的批判者尚不可能对批判对象采取"实际解决"。

而在1949年7月，辛笛到北平参加了第一次全国文代会，开会期间他参与筹组的全国诗歌工作者联谊会胎死腹中。传记中只写到他敏感地觉察了私营企业没有前途，却没有写到他在当时文艺界一片"会师"气象背后产生了什么隐忧；但他自动离开了栖止多年的金城银行的职位，也婉谢了到文物部门、高校和作协工作的邀约，"投笔从工"，申请到地方工业部门去做一名"案牍小吏"，从生存策略来看，不能不说具有相当的先见之明。基于要求"自我改造"的原罪心理，和从而自觉或不自觉的恐惧心理，他脱却了西装，放弃了花园洋房和小汽车，也不再参与文学界的活动。他相对地远离了"知识分子成堆"的多事之地，这样，在不断从一些人文知识分子打开缺口的多事之秋，他暂时小隐于他所不感兴趣的行政事务之中。这种近乎洗手不干的决绝，并不表明他从情感上已经和诗一刀两断，而对比冯至、何其芳都曾在新的文艺路线下表示否定少作，但终是心有未甘；卞之琳不但烧掉自己的长篇小说稿，又努力学写民歌体，当是出于同样的心理状态。后来者可以批评这些老一代知识分子的软弱（也是一种动摇，对自己文学信念的动摇），然而总观全局,也不妨给予同情的理解吧。

辛笛的幼女王圣思,在这本传记中,以辛笛的人生道路为背景,写出了他成为一代诗人的道路,写到诗人一步一步诗的履迹,也对其各个时期的重要诗作,从背景到文本作了翔实中肯的解析;而对辛笛没有诗作问世的年代,则详述了他的行藏与交往,从中也折射出一代知识分子的际遇。这就不仅于诗歌史、文学史,而且于数十年社会政治的变迁,都有某些史料或笺注的意义。

我小于辛笛老人二十一岁。也是从小喜欢文学并习作新诗,但知辛笛之名很晚,那是在1948年秋冬之际,读到了他写于1948年夏沪杭道上的《风景》:

> 列车轧在中国的肋骨上/一节接着一节社会问题/比邻而居的是茅屋和田野间的坟/生活距离终点这样近/夏天的土地绿得丰饶自然/兵士的新装黄得旧褪凄惨/惯爱想一路来行过的地方/说不出生疏却是一般的黯淡/瘦的耕牛和更瘦的人/都是病,不是风景!

这已是辛笛诗艺完全成熟的作品,唐湜等评论家所说的"现代风,古典味"于兹得到完满的融合。而早期他的诗即赋有的"浪漫情思,古典意味",其中浪漫情思却为忧患意识所替换了。

不能笼统地说知父莫若女,但圣思毕竟是以一位研究者的身份,而随侍在父亲身旁。她得亲謦欬,能够随时请教,她写出诗人创作思想和实践的逻辑发展,丝丝入扣,令人信服。

传记中对辛笛作为一个知识分子,作为一个诗人,既写了他与别人之同,也写了他与别人之异。特别是就诗论诗,他与后来收入《九叶集》的其他诗人,本来也是各具特色的。例如诗中具有古典意味这一点,大约只有陈敬容庶几相近。

我们知道,辛笛所受的儒家诗教,到1929年、1930年,他上高中二年级前后就由他自己颠覆了。儒家轻诗词,认为是"余事",雕虫小技,不登大雅之堂;至于词,更是歌台舞榭的玩意儿。但少年辛笛终于在这一片禁区中,发现了李商隐、李贺、周邦彦、姜夔、李清照以至龚自珍,文则有晚明小品,并深深爱上了"南朝人物晚唐诗"的风度。他是从这里出发,走出去接触到莎士比亚,华兹华斯,直到艾略特和奥登的。他与完全不具备足够的母语古典的学养,先只是学了外国诗(原文或译文),而后要"回归古典"的作者不同,那些人的终点,在辛笛们(在他之前还有闻一多、徐志摩、戴望舒)则是自己的出发点。就辛笛而言,那古典的影响是浸入骨髓的不是皮毛的。他在吸收各国诗歌包括现代派(甚至百年前的玄学派)的营养时,能够以我为主,表现在诗作的语言和意境上,都不失民族的色彩,亦不失母语的基调。可以说,他的诗,称得上语言艺术,充分表现出他对汉语语言的艺术敏感,比起当时只接受新式教育和外来文学影响的作者的大白话或文艺腔、翻译腔,他的诗更近于典型的"母语写作"。

辛笛来自旧文化的营垒,又沾丐到欧风美雨,这样的经历,与"五四"那一代如二周、胡适、刘半农、沈尹默是相同的;他又跟他们一样,不泥于古,也不泥于洋,他把"古"与"洋"都消化了,写出来的是中国现代诗。徐志摩、闻一多、戴望舒也是如此,不过,徐、闻都借鉴英诗尝试格律化,而辛笛和南星等,主要是走戴望舒的路子,注重内部节奏,不求表面划一,以凝炼而不是芜杂的散文句式为诗的载体。

学诗之初,辛笛认定了诗的灵魂是真与美;他触景生情,融情入景,显然是受到中国传统诗词讲究意境的影响。后来,他又服膺济慈"美即是真,真即是美"的话,在诗中不仅写美的发现,而且咀嚼人生的感悟;实验艾略特主张的诗的"非个人化",给主观感受找客观对应物,又在抒情短诗中加入了更多的知性;在这里,他仿佛由唐入宋,而总的来说他还是力避直陈,少写赋体,并把比兴、寄托与局部或整体象征沟通,把中国诗画的意境和炼字炼意与西方所讲的意象、通感沟通:这一番旁征博采的功夫,使他兼祧中外,举重若轻地显示了自己的特色。至于尽力把抒情诗写得短,本来是中外古今皆然的高标准,辛笛格外注意就是了。

1945年,读到了何其芳在抗战期间写的《夜歌》,特别是其中写于延安的诗,这给辛笛造成一定的冲激。何其芳走出了他的成名作《画梦录》和《预言》,走出个人的世界,开拓了新境;辛笛更是在社会氛围的催动下,尝试着面向公众,以诗笔戳穿虚伪,抨击残暴,抒情之外也有了反讽,相应的在语言方面且不避某种程度的直白和痛快,以致有时丢掉了他一向的婉约风格和含蓄手法,也在所不惜。收入《手掌集》中的1945年至1948年诸篇,表明中年的辛笛在艺术上已臻炉火纯青,而仍然在艺术与生活的关系上,在诗的真谛上作不断的探索。

可惜这样的探索,到1949年又一次中断。1976年后复出,不得不经过一个不无艰苦的恢复时期。在大约几年的时间里,他也写出了《蝴蝶、蜜蜂和常青树》这样的佳作,但正如他在1982年1月

《香港小品》中感慨地写道：

　　二十年前/你在旧书摊上/无意中拾起了我的诗/蚕在茧中找到了自己

　　二十年后/我第一次遇见了你/人间何处无诗/你我都已不是旧时风格

　　辛笛终于又找回了自己。他嗣后写出的一些新作,保持了他现代诗创作的应有水平,也可与他写的那些旧体诗中的佳作相媲美。他说过,新诗易写难工,旧诗难写易工,是深知此中甘苦的见道之言。辛笛是左手写新诗,右手写"旧诗"(当然偶亦腾出手来写书评和诗论);由于传统诗赋词曲(即我们常说的旧体诗),与以现代汉语为基础的新诗分属两个不同的审美体系,辛笛绝不破坏规范把旧体诗写成顺口溜,也绝不让新诗借口民族化而向旧体靠拢。他分别在现代诗和传统形式的诗歌这两个领域,坚持了对诗质诗美的共同追求。

　　在中国现代诗歌史上,像辛笛这样的诗人是可遇而不可求的。惟这样的文化素养能成就这样的诗人,而在今后,并不是照方抓药就能够"培养"出王辛笛式的诗人来。其实,任何一个像样的诗人作家,都不是由什么人有意"培养"出来的,一切取决于自然和社会、家庭与个人的机缘相凑,但愿这样的机缘多些!

　　读王圣思写的辛笛传记,又重读了辛笛的若干代表作,写了我的读后感如上,就正于辛笛诗和辛笛传的读者。

2003 年 8 月 18 夜

合肥去来

登上去合肥的夜车，忽然发现，安徽竟是我廿多年间来去最多的地方。固然因为那里有黄山、九华、天柱山，有新安江、青弋江，有敬亭山以及醉翁亭所在的"环滁皆山也"的山，山水胜迹值得流连，更因为那里有我众多的文朋诗友。从前来时，合肥还有公刘，尽管他在医院里卧床，也说不上几句话，这回却是没处找他说话了。

去年四月，公刘百日祭，北京已经闹"萨斯"了，但柳萌、林希还是张罗着小聚追思了一回。许觉民抱病而来，他说，公刘的诗，俊逸绝伦，淬厉风发，散文则针砭时弊，鞭辟入里；中国的诗人固多，而如公刘者却无几人，正是所谓不可多得吧。老诗人刘岚山是公刘诗选集《离离原上草》等书的策划与责编；他称公刘为"同宗兄弟"，原来，公刘（原名刘仁勇、刘耿直）和岚山的祖上，早先是在山西省辽县（现名左权县），后来迁到了江西南昌望城岗一带的"梓溪刘"。蔡其矫、牛汉、马萧萧、刘锡诚几位，在具体的诗观上未必跟公刘完全一致，但都是公刘诗和散文、杂文的知音，心有灵犀，不能不为又少了这样一位真诚的人而叹息。

我觉得公刘晚年在散文、杂文方面的成就不弱于他的诗作，不过,我从心底始终把他当作一个诗人,不仅因为他孤高的个性或属于"世人皆欲杀"的"诗人气质",而且因为他在上个世纪五十年代曾是我力求追赶的诗中兄长。那时候,我想,二十年代是郭沫若(《女神》)时代,三四十年代是艾青(《大堰河》《向太阳》)时代,如今该是有几幅笔墨、驰骋于短诗长诗小说电影间的公刘领衔一个时代了。一些写诗的年轻朋友都这么盼望着。没多久,盼来的却是意外之灾,公刘落难了。我们对"公刘时代"的期待落空了。二十年后,公刘复出,锋芒更加凌厉,像吕剑说的,"公刘是火,正在继续飞旋,升腾……"然而,历史不会简单重复,诗歌和整个文学趋向多元,我们那种以一个人标志一个文学时代的思路必然地受到了质疑。

1月7日,在公刘逝世一周年,合肥的"公刘诗歌朗诵会"上,二十七首诗,从初期的清新俊朗,到后来的沉郁顿挫,声声使我重又听到了公刘,是公刘,而不是别人。感谢会上所有的朗诵者,他们让我相信了公刘确实还存身在他的诗里,是呼之欲出,还是诵之即出?而公刘则唤回了我的记忆。有一首诗会上没有涉及,公刘以特有的笔调写道:

记忆!多么执著又多么怨毒!
它发誓活下去,为了可爱的国土。

而诗人是以他的血泪灌溉了诗,也灌溉了活的记忆。

我又坐在北上的夜行列车里,不像来时那样,为不可复见公刘而惆怅,而仿佛是与公刘一道参加过他的朗诵会,听了他的诗,还听了治芳、刘祖慈跟一些其他朋友的诗。我感到温暖和充实。

公刘生前写的最后一首诗,是回应曾卓那由"没有我不肯坐的火车,也不管它往哪儿开"生发出来的临终遗作,治芳又继公刘写下了和诗:

"没有我不肯坐的火车"啊,
只是它往往不肯把我搭载,
"凡是幸福的地方都有人把守",
入口处写得干脆:不许进来!

搭乘下一班,下一班车吧,
如果它还能准时开来。……
是我在迷糊中误了车次,
还是又一次虚妄的等待?

治芳这首看似轻松其实沉重的诗,几许感伤又夹着微讽,公刘若是听到,一定会泛出一丝苦笑。

而刘祖慈的诗更像是在招魂:

你哪里去了呢?整整一年
没有你半点消息。

在夜车的震荡中,我从公刘十年前一首诗里找到了他的去处,他已出发,依然是去流浪,就像"水在河与河之间流浪,风在天与天之间流浪"一样：

> 生命碾作红尘流浪
>
> 红尘裹入星云流浪
>
> 星云跟随宇宙流浪……
>
> 是谁，又将这一切装进褡裢，扛在身上？
>
> 那个年迈的流浪汉吗？跟跟跄跄
>
> 有人夸他慈祥，有人怨他乖张
>
> 昏花老眼，反正——睁着的一只是地狱，
>
> 闭着的一只是天堂。

我不能肯定这是公刘的自况；但我想，公刘此去，不正像一个阅尽沧桑的老流浪汉，怀着大憎大爱上路，他已听不到人间祝他"一路平安"的呼唤，径自走向了天高地阔，去游牧八荒。

让我们珍爱他留在身后的诗与歌吧。

2004 年 1 月 15 日

短诗长跋

贺贵州苗族姊妹节
芦笙木鼓响千山,一曲悲欢不计年。
佳节相随寻姊妹,依依牵手舞江边。

雷山有感
杯杯盏盏拦门酒,一一殷殷劝客尝。
忽念苗家犹困窘,低眉啜饮倍惭惶。

早在五十年代,就读过林予的《芦笙恋歌》,公刘的《夜闻木鼓》,不过那写的是云南,我这回却在贵州听了;还看到民间的芦笙有的长至丈许,高过屋檐,大概只有喇嘛庙里的法号堪与比拼吧。

年年旧历三月半,是苗族的姊妹节,今年因闰二月,对照阳历已在"五一"之后。有人说姊妹节是最古老的情人节,因为许多青年男女在这时歌舞欢聚,倾心定情;其实最初是已出嫁的姊妹回娘家的日子,"姊妹歌"忧伤地唱道:狠心的爹娘,为什么把我们姊妹嫁出家门,为什么不把兄弟嫁出去?

黔东南苗族侗族自治州的台江县,16万总人口中,97%是苗族,人称"天下苗族第一县"。近年办过两次姊妹节,作为民族风情旅游项目受到欢迎,今年开幕式改在州府凯里市举行。台江县南临雷公山,北傍清水江,山明水秀。艳阳下姊妹们盛装游行,一身身闪光的冠戴、刺绣和银饰,图案中的花卉鸟兽都有传说典故,称得上是"穿在身上的史书"。在秀眉广场,十九世纪中叶反清苗民领袖张秀眉雕像面前,白天飞歌比赛,斗狗斗鸡,晚上篝火熊熊,载歌载舞。这景象不限于台江,全州有苗族同胞的地方,村村寨寨都过这个节。此地旅游兴起不久,参与者依然有一份自发的纯真,没有沦为职业性的表演。

有名的雷公山,是国家级自然保护区,地跨雷山、台江、剑河、榕江四县,主峰2178.8米。从这一分水岭地带"出山"的水,往北流是长江水系,往南流是珠江水系。我们盘山而上,周旋万绿丛中,渐入云雾之上,到得山顶,山风凌厉,顿觉衣单。但呼吸之间,负氧离子该达到最佳水平:贵州贵州,内陆之肺!

登山前,先在郎德上寨的青石曲径上,享受了"拦门酒"。跟别处一些老旅游点遇到的不同,沿石阶一对对双手举杯敬酒的,不仅有年轻靓丽的姑娘,也有中年以上的妇女,从她们黧黑的肤色、脸上的皱纹、手上的老茧,看得出都是村寨中人,饱经风吹日晒和劳动的磨练。是的,这里就是所谓"老、少、边、穷"的贫困地区了;目下摆脱几千年贫困的一个主要途径,看来就是以自然资源和民俗资源招徕旅游(像与州府凯里同在铁路线上的镇远古城已经初见成效)。我负疚地想起苗族有史以来四次苦难的大迁徙,想到苗山村寨的生活至今与发达地区的差距,惟有默默祝福这里的父老乡亲、兄弟姊妹们真正成为改革开放的实际受益者,并在发展旅游业的情况下,还能长葆环境生态的良好,民风的朴厚真诚。

2004年5月9日

少年十五二十时

编辑部叫我谈一谈少年时代写作的情形。

在"文革"结束以前的漫长年月里,我笔下口头都很少回忆少年时代,除了填履历表、写交代材料以外。因为1949年共和国建立时我刚满十六岁,我的少年时代是在"旧社会"度过的,而我是知识分子家庭出身,不属于"根红苗正"的劳动人民后代,这至少就沾上"小资产阶级"的边;闹不好会有人指责你在革命胜利建立的新中国里怀念"失去了的天堂",因为从各种文件上看,小资产阶级是动摇不定的阶级,若不跟着无产阶级,就会跟着地主资产阶级,那不是死路一条吗!据说高尔基讲过,人们在理性上倾向未来,但在感性上倾向过去,这可是要大大警惕的,不然你尽管在理性上想为共产主义奋斗,可闲来无事回头看看,一不留神让"过去"拉了后腿,那可是万劫不复啊。因此,思想改造的一个重要内容,就是割断跟"过去"的一切联系,包括亲情的挂牵、童年的记忆吧。

不是说"每个中学生都是诗人"吗?早在"旧社会"就是这样。我那时不光写诗,剧本、中短篇、散文、杂文、随笔、小品以至政论,全都胡乱试过,还在当时报刊上发表了不少。过去我也一直不愿说起。因为那些东西显然不是"工农兵方向"下的产物,无论语言、形式,思想、感情,都不大合新中国的"时宜"。何况,自知之明我还有一点,小时候的东西总归是幼稚的。尤其是在1951年,看到党中央机关报《人民日报》的"图书评论"版上发表了出版界老革命王子野一篇文章,批评另一个在我看来也是老革命的作家周而复,说他在上海出版一本什么书,把上中学时的习作也收了进来;文章用了十分严厉的语气。后来我知道,周而复也并不是什么习作都"敝帚自珍",而是想留下一点早年向往革命的雪泥鸿爪吧。不过,在上世纪五十年代到七十年代,人们习惯认为对"旧社会"的文字痕迹必须心存戒备,从严防范,五十年代初期在所谓清理反动淫秽书籍行动(也即是当时的"扫黄打非")中,不是沈从文的全部作品都遭到了"毁版"之厄吗?

这里选了一首诗:《金菩萨》,1948年春夏之交写的。时在北平育英中学读高一下学期。此诗发表过两次,第二次编者删去了这两句:

我们有绞死绞刑者的绞刑
我们有颠覆阴谋者的阴谋

五十六年后想来,今天的编者们见到这样的诗句怕也要删去的吧。我那时的思想和情绪是够激进的。但我当时却是个有几分羞涩怕张扬的孩子,甚至写诗作文都不愿别人知道,很像在干一件隐秘的勾当。我在正规的功课之外,抓紧一切空隙,给自己用文字营造一个想象中的世界。我愿意看到这些手写体变成印刷体,面对我不相识的陌生读者,毫不吝惜地向他们敞开我这个私人的花园。

当时也有一些副刊标明面向青年学生中的作者,但往往要注明来自什么学校。我不愿意一般同学知道我写些跟学校生活不相干的东西,所以宁愿向一般的报刊投稿,也不向编者暴露我的年龄和身份。当稿子刊出的时候,我仿佛得到一点点隐身在幕后的快乐。如在《新民报》"北海"副刊上发了些老气横秋的随笔小品,署名"燕翔",有一位同学问是不是我,旁边另一位大同学抢着说,"那是马彦祥!"马先生当时是著名的戏剧家和社会活动家,同时主编着《新民报》的剧评副刊"天桥",大家都熟悉的。

后来我又起了一个笔名:汉野平。这个笔名的由来,带着挺深的时代烙印。我读到臧克家诗里写汉冶萍兵工厂的大烟囱:"像一支时代的喇叭/矗向天空",境界很高远,那里寄托了诗人对1925—1927年大革命中武汉的记忆和依恋,而汉冶萍这三个字改写成"汉野平",正好暗合"我们祖国多么辽阔广大",这是苏联《祖国进行曲》的第一句,当时我们都爱唱,口里唱的是苏联,心中想的是中国,是中国"明天"将会像苏联一样过上"我们没有见过别的国家,可以这样自由呼吸"的幸福生活!

今天的年轻读者将会发现,那时候的我,幼稚不仅在艺术上。艺术上自然是幼稚的,有时更近于粗糙。从《金菩萨》就可看出,一首基本上是半格律体的诗,有的句子拖沓而疙里疙瘩。这首诗的铺陈咏事,显出臧克家名篇《罪恶的黑手》《运河》的影响,而诗中的"尺方内"这个词组,恰恰是从闻一多《静夜(原题〈心跳〉)》诗中趸来的。

那时候不可能写得更成熟,但今天也不可能再写出这样的诗来。所谓"少作"即少年时的习作,对一个人是不可重复的。那是写作的准备期,自然会幼稚,会不成熟(像张爱玲那样不但出名早,而且早早地臻于成熟的,是特殊的才分)。我的准备期一直延续到八十年代,我已经四五十岁了;因为思想上、艺术上都走过一条大弯路。年轻的朋友即使走些弯路,大概也不会像我这样虚掷光阴了。

编辑部设这个专栏,可能是想让"写龄"长的人向年轻朋友提供一些有用的经验,而我,除了由于从小对文学和写作的爱好使我坚持了几十年的"写作马拉松"以外,真的是乏善足陈。最近,广西师范大学出版社出版了一本《找灵魂·邵燕祥私人卷宗:1945—1976》,那里展示并坦陈的一切,集中到一点上,却也只是说:千万不要学我!

2004年5月13日

〔附〕

金 菩 萨

这座古庙便是你宫殿

还记得鸠工落成那一天

有多少高贵而佛心的善人

曾挂着念珠跑来欢宴

叫来个戏班子舞蹈歌颂

声震屋瓦地闹翻了天……

只是这古庙今天颓圮得可怜
无数砖瓦的缝隙裂在你眼前
好像是一万只侮辱的黑手
无情地撕破你镀金的脸
你的泥胎开始感到蒙羞
他们自觉得不配再当泥土
因为他们被捏成你的面型
还不如捏个最下贱的屁股
他们伤损了你至上的尊严
他们把你的胳臂和腿崩断
你也懂得了什么叫作害怕
并且害怕得簌簌地颤抖
那是当一阵阴冷的风
给你脸上钉了片落叶的时候
还有你脸上傅着的金粉
就像擦在痔疮上的胭脂一样蠢
这时也正大片大片地剥落
露出你脸上那些丑恶的皱摺
蛛网织成的殿角露出破绽
童养媳不知为什么来到殿后哭泣了一夜
你却像知道了些
你到底一直作下什么罪孽……
早晨的鸟喙掷着轻脆的石子
合鸣的亮声击退了夜

唱出了殿外泥土上的日影
红日头正打东北的天空上升

你的口原为胜利的娇笑而开
却得承受从伤颊流下的泪水
你有一张肥大的肚皮
盛满了计策和阴谋
你的兵将却不知都哪里去了
只留下身边俩帮手嗡嗡不停
像粪缸里苍蝇嗡嗡养家肥己
他们的话犹如出自你的嘴
谁想到一代菩萨你如许寂寞
成天听着空山谷里的回声
你伪装的耳朵又是勉强粘上
殿外话语就满听不真
尺方内也渐渐不是你的世界
贵体上乔迁来蚂蚁与蜜蜂
唯我独尊的局面怕就要垮台
倒运！乌鸦也冲你叫三声
香火少得如奇迹一样
庙墙外可为的啥烛天通红？
金菩萨你于是哭得怪伤心
哭的是没有药物能够治的病
土鳖大模大样到你脸上来爬

蝙蝠们不辞而别地飞出了洞
你这莫不是"与民同乐"？
还是尊严真个丧失殆尽？
太阳滚到山背后去了
黑夜却挡不住心里的空寂
你何尝受过这么样的气？
多亏一把年纪练就张厚面皮
若搁在你年青气盛时
怕真就要闹得一病不起……
你也不必再怀柔地甜言蜜语
何况你的身子只是黄泥捏成
就剩张一戳可破的干瘪的肚皮
如轮的赤练蛇拧成求生的队列
算是夜色不能够锯断的粗
他们愤怒地在你颈上围绕
这无异送来个无疑的死耗
天上的星星倏地一起熄灭
冤魂怨鬼转瞬间来到
星星殒作一天的夜雨
一切的　声息全然收敛
只听风雨的骑兵是千军万马
奔来把古庙踹个稀烂
金菩萨不能降福给别人
金菩萨也不能降福给自己

陈尸在瓦砾堆上被夜雨唾湿
鼻眼已模糊了再也难得红红脸
像只肥猪仰卧在天底下
这才真个是五岳朝天
雨的拳脚把金身打碎
肢解的佛体不能再作动弹
金菩萨该自叹结局好惨
只落得这样下场：黄土一滩

这里重新建起一座小学堂
孩子们高兴地做着土工
金菩萨的计策笑容都已消逝
金菩萨的名字被送进粪坑
童养媳不再来打算上吊
她活得很好，脸上常带了笑
发辫剪短了小脚放开
于是显得美丽而骄傲
花香喷喷地飘满了院落
（其实这学堂是没有墙的）
绿的树长得也很繁茂
小孩子早晨背起书包
到日光和泥土里洗澡，喧噪
一边欢喜地呼吸着草味
一边笑闹着捞起泥土学建筑

一心地建筑着理想的一课
正像那麻雀一心啄打着巫术的小鼓

金菩萨,嘿嘿,你听我说
你的命运注定毁灭和零落
感恩的歌声不属于你
连坟墓你也不配占据一座
因为那泥土是我们的
金发的太阳也只把我们抚摸……
我们有绞死绞刑者的绞刑
我们有颠覆阴谋者的阴谋
你听　只有那夜游的猫头鹰
才为你唱招魂的歌
阿弥陀佛:祸!祸!祸!

1948年4月25日写,6月22日改

刊于1948年7月7日北平《国民新报》及

1948年9月8日天津《大公报·文艺》,署名汉野平

通吗，不通？

我说的是一篇韵文。

篇首有序："回望羊年，遍地硕果；金猴迎春，山河更娇。喜逢盛世，吾心潮澎湃，夜不能眠，兴填《沁园春》词一首，以表感怀：祝我泱泱华夏，更加富强，昌茂歌飞。"有些用词，属于生造，硬作文言，颇觉牵强。这样的作者调寄〔沁园春〕，会不会像邓拓先生当年调侃的，为什么不把〔满江红〕索性改题〔满江黑〕？

个人恐有偏见，谨将这首《沁园春·绿》录请大家品评：

神州春香，绿我胸襟，醉我情滔。看江山气派，满眼欢腾；盛世复兴，华章纷飘。民族奇伟，"神五"喜望，龙腾数今日更高。千秋业，圆"两岸"盼果，炎黄共潮。　　高峡大写今娇，春天故事卓铸群雕。奔"小康"国策，惊蛰（？）震宇；政通人和，独领风骚。代代天骄，浩瀚风范，五千文明巨冲霄。展新纪，春舞大中华，最是今朝。（某某于2004年元月）

不说诗词用语要求更加严格吧，即使是一般报刊文字，也有一个底线，就是通顺；总不能说题上"沁园春""汉宫秋"就可以"不通"

35

为"通"吧？当我把这篇韵文录入电脑时，纠错软件立马出来指手画脚，它在"情滔""纷飘"和"惊蛰震宇"几处标出了红色曲线，在"'神五'喜望""龙腾数今日更高""'两岸'盼果，炎黄共潮""大写今娇""(春天)故事卓铸群雕""文明巨冲霄""春舞大中华"等处标出了绿色曲线：电脑软件其实还是很宽容的，诸如"浩瀚风范"这样的词语搭配，"展新纪"这样的削足适履，全都忽略不计。然而，这还只是说一般文法包括词法、句法的不合规范，并没有从诗词格律方面较真呢。

据说在上个世纪五十年代，党报上经常发表黄炎培先生的诗作，报社内外都有人议论说没有诗味，但又有指示一定要发表，大意说不在诗的艺术高低，而是因为作者有政治影响。这是"政治标准第一、艺术标准第二"的实际运用。

以政治标准看上引韵文，那是北京土话"没挑儿的"即书面语言所谓无可挑剔的。作者原意要步毛泽东《沁园春·雪》原韵，只在题中把"绿"换"雪"，举凡"滔""飘""高""娇""雕""骚""朝"这些韵脚都押上了，碰上"娆""腰"不好办，换了别的字，也算煞费苦心；加以词中"春天(的)故事"的隐喻，"'小康'国策"歌颂"十六大"，"政通人和"描绘当前"大好形势"：绝对的主旋律！怪不得"2004年元月"某日刚写出来，元月九日就在首都一家大报的"科技周刊"头条刊出。不知这位作者是否"圈"里某方面的头面人物，但其政治影响怕是难与黄炎培相提并论。黄炎培配合各种节日及政治形势的诗作虽多索然寡味，却还大体合律，说得过去，无可厚非。如果黄炎培先生写的是这样疙里疙瘩的东西，很难想象还会获得首肯在党报上刊出。邓拓在毛泽东眼里虽沦为"书生办报""死人办报",而他们两位对诗词可都是内行。

　　读者或已注意到,我称这篇东西为韵文,而不叫它"诗"或"词",尽管"沁园春"是个词牌。词,是我们长达两千多年诗歌传统中萌发于唐五代、盛于宋而至今不绝如缕的一种体裁。它自有它因入乐演唱而形成的格律。在上引文字中,作者对诗词格律这套游戏规则,只遵循了叶韵这一条,或再加上断句的字数这半条,共计一条半。后者为什么是半条?因为按词谱,像"龙腾数今日更高""春舞大中华"这两句,一是七个字,一是五个字,字数都不错,平仄和句式却出律了;稍有读词常识的人,就会发现作者几乎还没入门。启功先生谦称自己的诗词为"韵语",可见我把这篇东西叫作韵文,也并没有辱没了它。

　　或曰,如果作者不标出"沁园春"什么的,你就当它是对古典体裁的改革、革新或革命,你还能以诗词格律去"框"他吗?

　　那是一个好办法,已经有人这么做了。你不说是什么词牌曲牌,人家当然无法用词曲来要求你;你不标明是"七律",那你写七言的"莲花落""数来宝"又有何不可?

　　然而请注意,拙文开门见山提出的不是合律不合律,而是文字通不通。冒用"沁园春"云云时不通,摘了这块牌子还是不通。它属于不通又不合律,当然不好,有些虽合律而不通,也一样是不好的。何况,即便是叶韵精当,对仗工整,合乎格律,而且大体达意,可谓清通,也还未必是诗。这就不多说了。

　　再赘一言,我无意深责那位作者,他可能在科技方面学有专长,并做出他的贡献,不过,尽管人说"诗乃余事"("余"是余暇、余裕的余,不是当"我"字解的余),也还是不要过于轻率的好。如果一个人对足球规则一知半解,只是出于对足球的爱好,与朋友随便踢踢,未为不可,而在正式赛事中上场,是不是有点冒失?自然,那该指责的首先是怂恿和允许他上场的教练和裁判——在报纸这块场地上,就是责任编辑乃至主编了。

2004 年 5 月 19 日

〔附记〕对于报刊的责编或主编来说,辨别遣词造句的通与不通,本应是起码的要求。我想小学高年级学生看了上述引文,都会指出其中明显的病句。难道冒称诗词,就有了另外的标准?然而,还是发表了,发表在一个以文教界为主要对象的所谓"中央级"主流报纸上。尤其令人不解的是,这么一篇近于笑话的东西,又是非政治性的问题,居然五六个月过去,不见有人说什么,哪怕是提出一声疑问。普通的报纸读者也许习于只读不说;而专业的内行人也一概沉默,是不屑一顾呢,还是见惯不怪了?

蔡诗印象

——读蔡其矫"大地系列""海洋系列"笔记

> 欣赏生活——大海诗人——不自由的时代歌唱自由——
> 诗人的"我"——海神与海岛姑娘——浪漫主义诗歌精神——
> 也抒政治之情——对语言的敏感

诗人蔡其矫永远以审美的眼光看世界,看生活。至老犹然。他在什么地方说过:

> 我仿佛回到少年时
> 眼风因深情而柔软

因为深情,他体贴入微,他看到、听到、感觉到了我们看不到、听不到、感觉不到的;在瑞丽,于"坠落的花瓣似流星/与摇曳的竹影同飘舞"的夜晚,"香气夜色一样浓酽/蓊郁的黑暗反衬月光/又深又亮的幽静",使他"有一种甜蜜的痛楚"。我们平时把审美的状态叫作"欣赏",欣赏而达到"痛楚",这才是更高也更深的境界。

我们常爱引用罗丹的一句话,说"生活中不缺少美,而缺少美的发现"。蔡其矫诗中却不缺少未经人道的情景和细节。如《古尔班节的鼓声》:"使得围观的少女们/飞快嗑着葵花籽/忘记收敛星一样的目光",仿佛于无意中得之,却是"蓦然回首,那人却在灯火阑珊处";姑娘们嗑葵花籽人人可见,而她们忘记收敛星一样的目光,只有有心人才能得见。再如《飞天之歌》写飞天,"在星辰的海中仰泳俯泳/无风之时也飘着","微波般推进/一切都柔软如梦幻",这不是用眼睛,而是用诗人的心才能发现;"没有重量的星",奇而入理,诗人不只用心,而且连他的身体也飘然若举,翱翔在星和飞天之间了。

即使在观照宏伟的海洋和大地,他也是这样一往情深。

> 正午的金针刺绣蓝水
> 片片的光羽向梦境漂去
>
> 　　　　　　　　　(《渤海》)

这是阳光下平静的海的绝唱。他说过,"我的快乐是梦境的快乐"。他把他的"甜蜜的痛楚"化为诗,也就把他"梦境的快乐"与读者分享了。

大家早就称他为大海诗人,他没有辜负这个称号。从《涛声集》以来,他写了多少关于海的篇章,海在风雨阴晴乃至春夏秋冬,平静和风暴中的各种状态,作为心灵的对应,可以说寄托着又唤起了诗人的万种情思。与其说他写海,毋宁说他在写自己或自在或激动的心怀;普希金说过,大海,这是"自由的元素"啊!

这才是蔡其矫为什么这样爱海的秘密。《海啊》:"包容宇宙的真理""唱出人类的信念""追求永恒的力量",更是"猛烈扑打灾难和阴影/把暴力撕成碎片""张起正义的琴弦";"跳动万古自由的心!""海啊!/你是我们的愤怒/又是我们创造的欢欣。"

在1975年,诗人把灯塔叫作"自由的报信者",他说"生活是由愤怒和对人的热情构成"。诗人不光是流连光景,诗人也有愤怒。

在不自由的时代歌唱自由。

直到二十年后才发表的名篇《波浪》,写于1962年,面对着风暴来临时的浪峰:为什么浪峰比风暴还要凶猛?

> 是因为你厌恶灾难吗?
> 是因为你憎恨强权吗?
> 我英勇的、自由的心啊
> 谁敢在你上面建立它的统治?

而在六十年代末,一场真正的风暴袭来时,诗人急切地直抒胸臆:"回忆永远是美丽的/但要做了才有回忆,/生活吧,直到死亡来临""从天边向我们致意的、有痛苦,失败,狂欢!""只有一个格言对你有用:/要勇敢!"(《无题三首》)

蓝棣之教授向我们介绍了症候学分析方法,简单地说就是从作者所没有写到的地方去寻找和破译作者的内心密码。那也许是更深层的探讨吧,然而我还没有学会,我更注意作者反复不断地着力写下的字、词、意象。

诗人更多的时候,不是处在愤怒的心态。他是"在没有慰藉的地方寻找慰藉""愤怒浪头也化作沉静水波/默默包容所有不幸/任泥沙俱来/依然保持天地清明"(《晴海》);诗人知道他所能做的:

"肉体和灵魂都不能跨越死亡/信仰也曾经倒塌/历史冷冷如这荒岛/却也不能夺去最后一点幻想//认识你要经过一番灵魂的冒险/我渴望这一切不是虚无/用女性的柔情把世间温暖/深邃一如大海的梦","一再受风暴鞭答/向你举起我的忧伤/让我为你眼睛所透露的语言高歌/抚慰所有寒冷的心"(《海神》)。

诗人从来不回避"我",即使在几十年用集体遮蔽个体的岁月里,他以"我"的名义向读者细语倾诉,高声宣言,这使他区别于当时几乎所有的诗人,使他的诗很容易在大量诗体的文字中分辨出来。蔡其矫的"我",歌唱大海,歌唱自由,并以全部热情讴歌生命、青春、爱情和女性。他反复使用的一个词是"回声",他在生活中捕捉回声,他的心又发出回声,他的诗是自然的回声,历史的回声,更是生命和爱情的回声。

直到《七十岁自画像》里,他还这样说:

> 也许因为生命中有太多痛苦
> 所以心总在追求欢乐
> 对自然,对云水
> 对花草,对一切形体的魅力
> 奇迹出现过,又消隐
> 苦苦等待新的命运
> 不知老之将至

对蔡其矫,不适用"垂暮"这样的字眼,他的心永远年轻。

他在1982年写龙门石窟,"比现实更为完美/魂梦中寻觅过无数次",这是述说他的艺术主张,无疑也是他的人生追求;"给我以永不满足的人间爱情吧""在海枯石烂之后/……理应有比以前更辉煌的山川/更无尽延绵的地平线"。

可作1957年《红豆》名篇中"少女万岁"注解的,试举1990年《泼水节》:"所有少女都成神衹/所有胴体全怀春心"。对女性的讴歌,在蔡其矫那里真的已成为对神衹的崇拜,这比我们在若干欧洲浪漫派诗歌中所读到的,犹有过之。大海加女性,不难想象诗人对作为"海神"的妈祖为什么情有独钟,写下了倾心的歌颂。

南海海岛上,傍着榕树伫立的《海岛姑娘》,诗人不吝高调的笔墨:

凝望远处海上隐约的白帆
好像女皇在等待凯旋的船队

可有人这样礼赞过一个普通的海岛姑娘吗?诗人不是因为她是"工农兵"的一员,而是因为她的美、健康、生命力(如对姑娘的"如山桃带雨"的脸,"精致"二字也用得好,写出她的五官"精雕细刻"之处,这真是一种如对艺术品的欣赏)。加上美好的海岛风光的衬托,这不仅是一幅光影参差的印象派肖像画,而且恍如一座雕像。

说到这里,我忽然想起,二十世纪八十年代末七八月间,一次关于卞之琳先生的研讨会后,王佐良先生在登车之前,告诉我,他最近重读了一些浪漫派的作品,他感到,浪漫派还是比现代派更可读。后来我们再没见过面,这是王佐良先生对我说的最后一句话,因此至今不忘。

我向来读诗,靠直觉,打动我的就是好诗,而不问文学史上的命名,不从什么"主义""流派"分高下,然而今天我要说,浪漫主义的诗歌精神,如果说在"五四"前后的中国,是在郭沫若的身上取得了胜利,那么,在五十年代到七十年代,在绝不适合它生长的地方,又在蔡其矫身上取得了第二次胜利。

我说的是诗歌精神,不是所谓创作方法,也不止是因为蔡其矫钟情的题材和主题,正与众多浪漫派的诗人同调,更是因为这种积极的,曾是在特定历史时期即资本主义上升时期高涨的浪漫主义,不说与生俱来吧,也是渗透到诗人的骨髓中去,化为他的人生态度了。

这是应该由传记作家来诠释的。我却说,从教育和阅读,诗人自然接受了所谓"资产阶级"的影响;也还有另一面,不容忽视的一面,例如《包公河》一诗中写到的,来自传统观念中的天良、正气、朴实、不屈,这是诗人说的"诗的祖国",属于"崇高"的范畴,广义地说,这也是浪漫主义的题中应有之义吧。

与李白这样为诗人所崇爱的古典浪漫诗人一起,陶渊明,也是诗人从童年就熟稔的名字。在经历了一次如同陶渊明时代的连绵世乱之后,他在《桃花源》这首诗里,满怀同情和理解地写道:"驱散一切渺小的念头/不在卑劣面前低首/保存一颗温柔热切的心/忧愁中也有快乐平静/消除奴役的痛苦/与自由作伴/可以忘却尘世的纷争/但永远蔑视秦政!"

蔑视、反抗暴政,与向往、追求自由,是一而二、二而一的。

我们说,蔡其矫的诗,绝大部分是抒情诗。人的感情是多方面的，社会的人不可避免地会有政治感情。因此，他的抒情诗中，也有政治抒情诗。

政治抒情诗，这是一个被搞乱了的概念，一个被亵渎了的范畴，因为一说到它，人们想到的，往往是对权力者的歌功颂德，流行政治口号的传声筒。这是因为人间有不同的政治，有不同的文艺与政治的关系。这已成为常识，不必多说。

我至今不知道，福建是不是真的有一个玉华洞，不知诗人写于1975年的《玉华洞》究竟是纪实还是寓言；我以为这首真实地表达了当时人们的政治情绪的长诗，是政治抒情诗中的翘楚。1974年托物咏志的《地下瀑布》，也是政治抒情诗："任何地方都有自由的赞歌升起/即使是在不见天日的地下；/听，那地下河的瀑布/至今还在沉默中轰鸣！"

蔡其矫诗集中的政治抒情诗，因为扣动的是时代的弦，不但当时能够引起少数读到原稿的朋友的共鸣，就是时过境迁，它仍然能使人重温记忆，成为一代人政治感情的记录，如《祈求》《生命》《木排上》，以及《十月》《丙辰清明》《二十年》等，一以它的真实，二以它通过了诗人自己独特的视角，用诗人自己的方式写出，《祈求》是突出的例子。此外，还有1981年初写的《心潮》，1990年的《孤独一年》，都是这样掷地有声的诗史。

蔡其矫早期的政治抒情诗，从1941年的《肉搏》到1946年的《兵车在急雨中前进》，在当时同类性质的诗中，也是独树一帜，自成特色，不同凡响。至于1957年写的《大海》则是失败之作，限于当时对斯大林的了解和认识，也是可以理解的。一并收入诗集，存历史之真，当时的天真和今天的勇气，都属诗人本色。

写到这里,该结束我对"蔡诗"印象的叙述了。我才发现,只顾聚焦在诗人思想感情和题材主题上,忘记了说,这一切都是以诗人特有的语言表达出来的。

一开始我就说,蔡其矫对生活采取审美的眼光,欣赏并且投入;而蔡其矫一个极大的特点,是他对我们的母语,也是坚持着审美的眼光,他在他那一代诗人中,对语言的感觉不说最为敏锐,也是敏感者之一。在绝大多数情况下,他的遣词造句可以用"珠圆玉润""舒卷自如"来形容,败笔只是偶然的。他学习中国古典诗歌,不仅表现在五十年代初仿照律绝的结构写了些四句八句的短诗,而且还十分用功地致力于炼字炼句①,他博采旁收,尝试以旧体诗的句式入新诗②,而做到相互协调。他不囿于所谓"诗贵具象"的教条,而不忌以文入诗③。他的诗大部分是自由体,从他的诗中,我们可以体会到,什么是超越了芜杂拖沓"散文化"的"散文美"④。

记得是法国的小说家福楼拜,人们评价他的推敲功夫,说他总要寻找那个惟一适合的名词、动词、形容词(大致意思如此)。今天,能够在写自由诗时这样认真琢磨的人已经不多了,蔡其矫是其中的一个。

我同意刘登翰所说,对蔡其矫诗歌价值的认识,实际上从二十一世纪才刚刚开始。我附带在这里说一句,像蔡其矫这样长期由于不知什么原因而被有意无意忽视了的诗人,在二十世纪的中国,还有如金克木、南星、汪铭竹、艾山等,值得好好研究,对我们的读者和作者都是有益的。

2004 年 10 月 3 日

① 诗人对语言的关注,表现在多方面。传统诗作所谓"炼字",所谓"诗眼",首先指动词的运用,其次才是形容词;这不单是纸上功夫,而与生活中的观察体会分不开。如《大理》写"微风流入深草"的"流"字、"深"字,《桂林》写山"从平地踊起"的"踊"字;又如《泼水节》"所有娇嫩之花/都染上火红火绿的艳情",从"火红"创出"火绿",又以之形容艳情,得未曾有;《伊犁河》"部署了无穷的希望",《古尔班节的鼓声》写击鼓"起落抑扬/一心扑在协调上",其中的"部署""协调"入诗,乍看突兀,细想合理,属于巧用,陌生故觉新鲜;《大理》中的"旷心",显从"心旷神怡"来,创为新词可以理解。

② 诗人大胆试验各样写法,绝不自缚手脚。九十年代仿旧体五七言句式,插入现代口语的自由体诗中,即其一例。

如:"晓战杂金鼓,吹笛大军行;平沙列万幕,白骨傍草根";"不需泪眼吊荒凉";"田横五百栖何处,徐福三千无回程。"但如"风景瞬变异"则显得生硬。

③ 以文入诗,即以抽象词语乃至议论入诗,也是中国古典诗歌的传统之一。自由体新诗中穿插这些,有时易流于散文化,而不是散文美。但有好的,便有一种格言式的警策;如《云岗石窟》"贫贱者的匠心和愿望。远远超越了宗教",《石林》"生命的形象从不疲惫/石头比时间顽强。/沉默梦见永恒",《开封》"苦难最多者/生命历久长青"。而像"并没有狭窄的传统要保守""开创了综合中外文化的先河","关键就在于……","强大的力量不是军舰"云云,则是败笔。

④ 散文美这个范畴,在戴望舒那里主要指散文式的句法,艾青

在《诗论》中则主要指口语美。这里举蔡其矫《崇武半岛》中一节为例:"不论走北岸或是南岸/人都不自觉向海凝视。/对于广阔天涯的爱/谁能够阻止?/即使终日在那里怅望/向遥远地方失神沉思,/即看得不太远/想得不太深/也总比陆地多些回味"。

岁暮忆胡昭

上个世纪五十年代,我和胡昭还没有交往,但我知道他,知道他的一首诗:《军帽下的眼睛》。至今许多诗歌选本,共和国初期部分还都选这首诗。在当时一派大声疾呼、为集体代言的诗风中,胡昭此诗以多少带个人性的抒情引起读者的共鸣。

他一生的创作都保持着这种温和的抒情基调,无论是诗还是散文。他是一个温和的人,乃至可以说是个多情的人,不是那种狂风暴雨式的滥情,而总是把话说到你的心里去。

因为当时没有交往,无从了解他诗歌的本事。比如《军帽下的眼睛》,写的是一个集合的形象呢,还是有特定的对象,如有确指,是他的爱人和妻子陶怡吗?

我也不认识陶怡,更不知道她是否曾去过朝鲜战场。那时我甚至也还不知道陶怡的名字。等我知道的时候,怕伤胡昭的心,我不敢在他面前提起陶怡,因为胡昭被划"右派"以后,她像许多"右派"的妻子一样,忍受着屈辱和冷漠,苦苦带孩子,又当娘又当爹,独力支撑着破碎的家庭;然而,更大的风暴袭来,"文革"开始,不久全家一起流放——在所谓"插队落户"的日子里,陶怡含冤自尽。是怎样的痛苦,迫使她断然地离开她相濡以沫的受难的丈夫和一对儿女呢。我读她身后出版的一本诗集,从那早年诗的格调,怎么能预见到那么悲惨的结局!

胡昭"反右"以后直到十年"文革"期间的遭遇,我从来没有问过,也没听他说过。我们相识,已经是在1978—1979年后,但我在北京,他在长春,相聚时少,主要靠书信往还,容不得细说从头。再就是当时大家都有做不完的事情,写不完的诗思,而作为"右派",彼此经受的大同小异,也就不用细说;像朋友中沦为"右派"的文学评论家唐因,也是妻子在"文革"中不堪其苦,抛下了长期同甘共苦的丈夫和一对儿女,选择了死亡;这一家的命运和胡昭一家简直一模一样。

不同的是,后来唐因一直孤苦着,胡昭能找到同是在政治运动中饱尝辛酸的王爱善做伴,度过了温暖的晚年。

1983年,我应邀到长春第一汽车制造厂观光建厂三十周年的庆典。在那里,得以和胡昭一家盘桓。当时还有两位诗友,一是周良沛,跟我一样来参加厂庆的,一是万忆萱,就在吉林日报社工作,他们也都有二十一年的"右派"经历,而且,他们和胡昭、和我都生于1933年,岁在癸酉,生肖属鸡;不记得是谁提议,"四只鸡"一起过五十周岁的生日。爱善是当然的主持者,还有曾与忆萱患难与共的夫人。在杯盏交错中,我知道了胡昭的一些身世,他是个孤儿,家乡解放后参加了共产党的革命队伍,一开始就在老作家李又然的照拂下成长,情同父子。他的审美取向,是不是也有李又然的潜移默化之功呢。胡昭每次来北京,不管时间多紧,都要到翠微路的一座宿舍楼去,又然同志不在了,他还关心着又然的儿子华沙。

好像也是在那时的闲谈中,我才知道胡昭是满族。但我记忆中,他从来没有以少数民族作家的身份,要求什么特殊的照顾。只有辽宁民族出版社为他出版了平生的最后一本诗集,这在诗集出版困难的年月里,也是差堪告慰的一份情意吧。

就在胡昭赠我的这本最后的诗集里,读到他某一年清明怀念陶怡的一首诗,记得仿佛是写他在雨声中,朦胧听到那恋家的亡灵在轻轻敲门,却又归于虚无缥缈了;诗是不能复述的,我现在手头没有原诗,连我曾写过的有关此诗的《分享诗情》短文也找不到。但我认定这是一首浸透了真情的诗,不但在胡昭的作品中是突出的,就是在当代抒情诗中也是难得之作,它不是以技巧为之,也不是以概念为之,它使一切矫情卖弄的伪诗相形失色。

但我也从诗中读出了萧飒,我感到胡昭老了。老,是大家都老了,但除了爱善带着他一起回她早年离开的浙江故乡那一行以外,他不大走动了。偶尔到北京来开会,也不大离开所住的宾馆或招待所,据说一个人不太敢出门,我先还以为是人胖身懒,后来听说他平时在家,每天散步,也都有爱善陪同;那回爱善陪他到我的新居来,我开玩笑说,都是爱善把胡昭"惯"坏了,"惯"懒了。

其实,他是被心血管病困扰着,也不可能要求他自己在疾病缠身的时候,再临时抱佛脚地积极去"健身"了,能像他那样一直老老实实听医生的话,尽量保持病情稳定,就不错了。

他还在精神好时,写一些随笔散文,他一点也不懒;而他的笔下,仍然保持着一贯的娓娓而谈,平静清新,文字也一丝不苟,这在一个病中执笔的老人,需要有一份不平常的坚强和韧性啊。

他至死没有放下他的笔,这就够了。

他爱文学,他爱诗歌,出于生命的表达的需要,而不是为了任何功利的目的。他平生低调,比起风风火火敢闯敢干的人,可以说他缺少那种开拓进取的精神,偏于循规蹈矩;而比起投机取巧善于钻营的某些人来,他无疑是与世无争、淡泊名利。哪是他的优点,又哪是他的弱点呢?

如果我记得不错,在奖项林立的今天,胡昭只获过一次奖,八十年代初中国作家协会举办的首届全国优秀新诗(诗集)奖。跟他同获二等奖的,还有女诗人舒婷和傅天琳。

我作为工作人员,参加了那次评奖工作。在初评小组提出入围作品的基础上,评委会投票选定了十部诗集;经过不短一段时间的认真阅读、讨论之后,当票选结果出来的时候,大家如释重负,十分高兴,决定在向作协领导汇报同时,立即在第一时间向获奖诗人通报。

没想到斜刺里杀出个程咬金。有一位热心人士写了一封信给作协的上级主管部门,指名道姓说像舒婷这样年轻的作者,怎么能跟例如艾青这样的大诗人并列获奖?——原信谁都没看见,是由作协一位分管诗歌评奖的书记处书记传达的。他同时传达上级指示,要求对这一选举结果重新考虑。这使得包括冯至、公木、严辰这样的老同志听了都极表诧异。因为如按实际得票数排列,舒婷的名次将大大提前;而评委会已经考虑到"国情"特色,基本上采取了"资望"为主兼顾年齿的原则,把舒婷放在了胡昭之后,天琳之前。现在说要重新考虑,怎么考虑?把舒婷撤掉?那将置评委会于何地?置民主与公平的原则于何地?幸亏有人提醒,评奖结果已经告知获奖人,外地的已经打了电报,如果粗暴改动,影响难以估计。最后在那位作协书记的主持下达成一个妥协,即分为一等奖和二等奖，拉开老诗人和新作者的距离，拉开有"定评"和有"争议"的获奖人的距离。到了具体排座次时，才发现排到了第六位流沙河、第七位黄永玉，硬拉下到二等奖，总是师出无名，说不过去，最后只好让胡昭陪两位小妹妹，在七位一等奖后面，退居为三名二等奖。至此，一场风波告一段落。

谁料接着又起风波。据说香港某刊物发表一篇报道，讲了奖分二等，却是倒金字塔式的这一鲜见的格局，特别是道破了舒婷得票颇多却名列二等这个事实。作协那位书记又奉命前来布置清查，查是什么人把评奖工作的机密泄露到境外！一时参与过诗歌评奖的有关工作人员都成了清查对象。但清查过程中发现，如说舒婷的票数算是机密的话，涉密的人实在太多：评委会委员，初评小组成员，曾经进出会场的服务员，还有随身照应老评委的家属；向作协领导汇报时，除党组书记处的成员外，还有其他门类文学奖前来汇报的负责人。清查范围越来越大，一时却又不兴用历次运动中拿手的办法了，最后不了了之。

这个事件——如果也算个事件的话——给我的最大教训，就是要远离机密。尽管在开放的社会，许多文学评奖的透明度极大，公布结果时，往往会同时公开评奖过程，把各评委对每个作品的评审意见，投票情况（赞成、反对或弃权），和盘托出，一无挂漏，没有暗箱操作。但在我们这里，既视"暗箱评奖"为当然，难免什么琐事都上了密级。一个文艺评奖如此，其他可想而知。从此，我就决心不看任何标明"内部文件"的东西，很快也就不再听任何所谓"内部传达"，这样庶几可免于"泄密"之嫌了。

事后一想，实际掀起了这场小小风波的有数三几个人，也都是写诗的,这让我深感到"面对诗歌,背对诗坛"的必要,还是要早早从所谓诗坛自我放逐的好。

所有这一些,我都没对胡昭说过,现在才说,是因为他再也不会"泄密"了。我能想象得出,胡昭听我说了这些过时的"内部消息",脸上会露出他那惯有的宽厚的笑容。

2004 年 12 月 31 日深夜

〔附〕胡昭《清明雨》

年年四月清明夜
或早几夜或晚几夜
——或接连几夜,都会有
零零落落的雨点
来敲我的窗、敲我的门

可是你黎明前悄悄回来了
认不出这新的家园
敲门敲窗犹疑而小心
你要认认家门,寻你的记忆
留恋着,在窗外逡巡

有什么放心不下,有什么未了的
人情和心愿

还是召唤孩子的童年,焦虑与温馨
当发觉记忆已逝,往昔淡去
你可失望么,在黎明中消隐?

若是你想回来就随时回来
不管是清明、谷雨、春分
好像你最爱的是清明
——你去也清明来也清明
不要怕惊醒我,有什么要紧

即使醒了,即使一时旧梦难温
就让我大睁着眼睛
听一阵,望一阵
哪怕窗外和窗内
雨纷纷,泪纷纷
也许诗句也纷纷……

1994年春

诗之草

小时候,有一次同时借到两本诗集,臧克家的《十年诗选》和卞之琳的《十年诗草》。那时候觉得"十年"是很长很长的一段日子,是一段遥远的过去;而"诗草"二字,更让我眼睛一亮,仿佛这不是指的草率、潦草以至"草稿""草创"之"草",而就指的是"芳草碧连天"的草。

"长亭外,古道边,芳草碧连天",是李叔同填的词,同一首外来曲调,另有人填过"红叶落,黄花谢,冷落清秋节",也带着古典的诗味,但不知怎么,没有唱开。

我哼这首送别的歌,眼前省略了晚风、柳条、笛声、浊酒,只见一条纵向的古道伸向苍茫远方,遥远的地平线如一条横行的黄金分割线,其上是蔚蓝的长天,其下是无边的碧草,天地之间,谁送谁呢,谁将目送谁走向天之涯、地之角?

在我眼前,没有"夕阳山外山",那该是在行行重行行之后,在另一幅画里,倦旅歇脚在店家门前看到的,预示着走不尽的无限关山。

连天的草,在柳永那里唱作"天黏衰草",是不是南方的语音?而在我心目中,始终是在北方原上,就像少年白居易稿本开头写的

"离离原上草"：

> 远芳侵古道，晴翠接荒城。又送王孙去，萋萋满别情。

一样是晴空下绿得发光的草，让背着行囊的过客，也闻到了阳光晒暖的野草的清香。管他王孙不王孙，走在路上就是远行人。满眼是青草萋萋，满心是"离恨恰如春草，渐行渐远还生"，因此，说"萋萋满别情"，犹如说"心里像长了草"一样吧。

不是有意的寻找，而是无心的邂逅，读诗，总是遇见诗中的草，冰心啊，康白情啊，真是"小草在前"；古典的诗歌，更是不期而遇，"青青河畔草"啊，"草色遥看近却无"啊，"细草微风岸"啊，真是"天涯何处无芳草"！穷困潦倒的诗人，一肩行李，披星戴月，但不愁没有道旁河边原上的野草为伴。

没有草，就没有诗歌。草是迁客骚人除诗以外，仅有的无主的财富了吧。

在1943年或1944年寒假里，围炉夜读，我的心随着一个陌生的诗人——戴叔伦飞向边外：

> 边草，边草，边草尽来兵老。山南山北雪晴，千里万里月明。月明，明月，鹧鸪声声愁绝。

想见迤逦边墙下，除去呼叫"行不得也哥哥"的鹧鸪，惟有千里暮云笼罩的平芜草野是有生命的，能够以无数尖尖的耳朵倾听征夫的叹息。

被诗人称为边草的,给了远戍边关的士卒们,是拉长了的牵挂?是铺开来的向往?也许是互相默契的慰藉?

诗词读得多了,渐渐发现,遍地的青草往往只有一个共名:春草,秋草,芳草……倒是早年的《诗经》《楚辞》里能找到些植物学上具体的草名。

屈原以芳草美人比喻忠良,不过他说的芳草,兰啊,蕙啊,在今天都被人叫作花,不算草。即使像兰花又叫兰草,毕竟也是家花,不是野草了。而屈原那时候看成恶草的,如萧,如艾,大体上是今天的艾蒿一类吧,多年来用它驱蚊,用它避邪,那蒿草点燃发出的气味,我也感到是一种野性的香。屈原依自己的直觉,把草味分了高低,那标准怕是过苛,至于用这些草代指恶人,更是没来由的事了。

词牌里有个"踏莎行",引起过我的注意,看到它,总有一种软茸茸的质感,不像踩在干枯落叶上那么吱吱作响吧?甚至因此认为把(William) Shakespeare 译作"莎士比亚",确比"沙士比亚"强,强在哪里?有个草字头!

但我其实一直不知道莎草什么样。直到有一天查字典,原来古色古香的"莎"就是俗称的"三棱草",竟然是我怠慢了多年的老相识。我在黄骅农场劳动的时候,常年泡在水稻田里,从二三月刚一化冻,春寒料峭,就光脚下田,带水耙地;那时候经年的草籽就藏下身来,它们会抢先在秧苗前面露头,从此天下无宁日矣,所谓"三夏"季节,主要的农活集中为锄草。有两种草天天打交道,一是芦根,不知不觉地从泥土深处串过来,可以叫盘根错节,很难斩草除根,它的生命力旺盛着呢;再一种生命力旺盛的,就数"三棱(子)草",茎状三棱,窜高益壮,绿白相间,似葱而坚韧过之,有弹性,只能用手拧住,使劲拔,它的根不太深,拔出来拧成一团,深深地塞进泥里去。

每一"丘"也就是每一方稻田里都有三棱草,尤其是在一丘的四角,边边沿沿,我想是平地的时候水把草籽冲过去的吧。这个丘字作为田亩的单位,似是古意,那时也顾不上查考;我想,即使那时候有人告诉我,你拔去的一棵棵出头的三棱草,就是诗意盎然的"莎",我大约也还是只能把它连同诗意一起拔掉。

离开了稻田,莎草不仅不是恶草,在适于欣赏"闲花草"的环境里,它的审美意义就突出了。我不知道它有没有药用价值,如果有,说不定还会担上毒草的罪名呢。不少人听了毒草就怕,我不怕,我写下的文字在一段莫名的岁月里都被说成是毒草,我能怕我自己写的小诗?

世上有花又有草,花有茎叶,草有花朵,不同的是花有木本和草本,草呢,通通是草本,且多的是一年生,但生生不已,代代相传,人们有时候也忘了每一棵草的纲目种属,只见一片茸茸绿草如茵,碧波荡漾如海,笼统地叫一个字:草。

诗也是这样,远远看去,都是一个诗字,蹲下来瞧,有百花又有百草。悲观的人说"草木一秋",却看不到满世界的"春草年年绿",全不管"王孙归不归"!乐观的人看到,一代代烧荒的人消失了,而"野火烧不尽,春风吹又生"。

诗离不开花,也离不开草;诗中有花,诗中有草。

就让我和我的作品索性也成为"诗之草",不好吗?

2005 年 1 月 29 日

绿原的诗
——给"绿原诗歌创作研讨会"的贺信

尊敬的绿原先生,

主席先生和与会的朋友们:

请研讨会接受一个诗歌同行的祝贺,请绿原先生接受一个后来者真诚的敬礼。

我出生和生长的古城,在日本侵略下沦陷了八年。我知道绿原之名很晚,是在战后的1947年,我是一个初中二年级学生的时候,——从"七月诗丛"第一辑,随后从《希望》和《泥土》等文学期刊,结识了绿原和他的诗友们。在我当时的习作里,有一首题为《童话》的诗,写得很幼稚,绿原如果看到,一定不会承认这来自他最早的影响,但是我却不能不承认,这是我对他的最早的摹仿。

我接着读到了绿原在《童话》以后的诗,例如《你是谁?》其中有些哲理的段落我并没看懂,但是诗人对自由的呼唤,反内战、反饥饿的叫喊,我懂得并且由衷地共鸣。"五·二〇"运动后有一次诗歌集会上,有朗诵这首长诗片断的节目,我因为遇到别的急事没能参加,曾经久久地感到遗憾。

假如我记得不错的话,北大的学生诗人李瑛曾经写过一篇《绿原论》,和他的一篇《郑敏论》先后发表在天津《益世报》的《文学周刊》，周刊是沈从文先生编的，某种程度上带有同仁刊物的性质。沈先生曾经告诉我，他在复员回北平以后，在北大发现了两位文学上很有希望的学生，一是吴小如，一是李瑛。不过，我想，他发表李瑛关于绿原的诗论，不仅是因为这份师生关系，应该说也表明他具有的文学眼光和宽容胸怀。

三十多年之后，我在《白色花》一书的读后感里说，中国现代的自由诗，到1949年在国民党统治区达到成熟，而这个高度是以绿原为代表的。虽是我作为一个新诗读者和习作者的一孔之见，但是从阅读和比较所得，不属于庸俗的捧场。

在这次研讨会上，我相信将对绿原先生的诗歌创作（也许还涉及他的诗论和诗歌翻译），对他的终身成就及在文学史上的地位做出实事求是的、公允的评价。这是严肃的学术研究，我不能多所置喙。这里，在祝贺和致敬之余，首先我想为我在1955年6月发表在《人民日报》的一首配合反胡风运动的政治讽刺诗《就在同一个时间》（诗中对绿原先生和众多所谓胡风分子做了诬蔑伤害），再一次向绿原与别的已故和健在的受害者，表示由衷的道歉。

然后，请允许我聊天式地说两件记忆中沉淀的旧事，这可能是当时已经被捕的绿原听都没听说过的。

一件事，在1983年结集出版的《人之诗》里，有一首写于1953年的《沿着中南海的红墙走》，一开头就说：

> 沿着中南海的红墙走，
> 我的脚步总是很慢很轻，
> 我总想在这一带多逗留一会儿，

我总是一面走,一面倾听。

　　不是因为别的,是因为"那里面有一颗伟大的心脏……和我的心脏相连",这样的诗情,过来人都是可以理解的。然而,过来人(还有认真研究过史料的人)都会记得,有一家刊物在"反胡风"和"肃反"运动中,竟把这首诗拎出来坐实所谓绿原是"美蒋特务"的诬陷,把诗人在红墙下的"逗留"和"倾听",硬说成特务的鬼祟行径。此说如能成立,那么智利诗人聂鲁达在长诗《让那伐木者醒来》中写的,深夜克里姆林有一个窗口还亮着灯,斯大林正在室内衔着烟斗徘徊、思考,就凭这个,诗人也应该被苏联打成国际间谍。斯大林"肃反扩大化"所没做到的,我们这里做到了。今天年轻的读者会以为匪夷所思,殊不知这样的逻辑和文风,乃是当时所谓文艺批评的主流,滔滔者天下皆是也。这种大批判在文化心理上的遗毒,至今也不能说是完全埋葬了,这才是最可怕的。

　　第二件事,回忆起来,该是在1955年春,《文艺报》已经选印了胡风的"意见书"并号召"讨论(实际是批判)"之后,但还在《人民日报》公布胡风等的信件,命名"反革命小集团"之前。作家协会诗歌组在东总布胡同开会谈诗。会上有一位诗人提起绿原在《人民文学》杂志发表了一首写节日逛公园的诗,据说诗中有一句,说公园里"人比树多",他以质疑的口吻,认为这表现了一种反社会的情绪。一句诗提到这样的原则高度(这是当时的说法,后来到了"文革",才有"上纲上线"之说),在场的人都怔住了,这个话题没有继续下去。与会的人多半都已不在,也不知当时的记录是否还在档案中保存,但当时作协创作委员会担任诗歌组干事的白婉(清)女士健在，她如记得，可以证明。手头没有老杂志，"文革"后结集时这首诗未见收入，但我想，诗人对于节日中公园"人比树多"的抒发，显然来自直觉，这样的直觉，人人会有，于我们并不陌生；在今天，如果理智地引申，可以展开为环境、生态、城市绿地以及城市适宜居住的各项标准等问题，恐怕怎么也跟"反社会"挂不上钩的。某诗人这样提问题，我想，联系当时的法制与人权状况，倒是把"有罪推定"运用到文艺阅读、诗歌欣赏的领域来了。这种可怕的现象，今后还会不断发生吗？

请原谅，我在今天这样的场合，重说起这些使人不快的往事，对于诗人绿原，大概更像是揭伤疤的行为。不过，在我们呼吁健康的、正常的文学批评，健康的、正常的舆论环境，健康的、正常的社会政治生活，以及健康的、正常的人际关系时，让我们都像绿原在半个世纪以前关于伽利略的诗中写的那样，在真理面前，坚持"人的标准"吧。

谢谢大家。

2005年5月5日

带一本"李白"去皖南

这个题目,是从《带一本书去巴黎》套下来的。我要讲的却只是一段自己的往事。

那是1977年秋天,"四人帮"垮台已经一年,国内政局还远不明朗。上层的事情,下民弄不清楚。但文艺界还没什么动静。我的处境倒是松动了些;干部也在观望吧,懂得勿为已甚了。这时我打了个报告,要求"深入生活"到地质队去,选定的地点是皖南,得到批准。为什么去地质队?因为我一直向往野外生活,也因为艰苦的地方没人抢,少惹许多闲话;为什么选定皖南?一是看材料那里的322队工作很好,二是揣了个私心,私心乃在"山水之间",很想借此一登黄山,理由都预先想好了,黄山青鸾峰上有李四光发现的第四纪冰川擦痕,李四光在当年的宣传中是摘掉中国贫油帽子的元勋,采访地质队去看看他发现的冰川擦痕,就是无可厚非,甚至理所当然的了。

做了轻装远行的准备,除了地质方面的资料,挑来选去,只带了一本《李白诗选》,152个页码,收诗不到两百首,可谓少而精。此书为舒芜选注,人民文学出版社1954年8月北京第一版,第一次印刷。至于为什么只带这一本,则不仅是因为它薄薄的,不压份量;

而且因为皖南是李白的旧游之地，不但晚年在那里流连至死，他沿江东下，南北穿梭，来往于周边的名山大川，该也不止一次路过吧。那时我没读过李白的年谱，只是从他诗集里眼花缭乱的地名，乃有这样的臆断。

更根本的原因，是我从小就窥见过李白的世界，心仪神往。我指的不是"床前明月光"那首《静夜思》，而来自沦陷区北平一位名叫江寄萍的作者的一篇文章。他生前似乎是位清寒的国文老师，1940年代初贫病而死。文友们替他辑印了一本没有封面的小册子作为纪念，其中收的可能不过是他为了糊口而写的随笔短文，有一篇集中写——李白和月亮。后来这样的文字也读过一些，但这一篇对我是关于李白的启蒙之章。我从这里第一次读到《把酒问月》，"今人不见古时月，今月曾经照古人。古人今人若流水，共看明月皆如此。"跟张若虚《春江花月夜》中的"江畔何人初见月，江月何时初照人"一样，一下子把人间的种种哀乐都推到辽阔旷邈的宇宙背景之前，使人一下子接触到李白浪漫精神的内核。人们常说李白的浪漫主义有积极的或消极的两个方面，其实无论积极消极，都源于他对时间与空间无限性的感悟和哲思。这像一把钥匙，即使在李白沉湎于最世俗的行乐，写出花团锦簇的诗行时，字里行间也氤氲着个体生命在天人之际的怅惘。运会无凭，世事无常，中国古代诗人之所谓"多愁善感"，一个愁字，概括了不同层次的无奈与茫然。而李白抒写的则是愁中之愁，想要"与尔同销万古愁"而终于销不尽的那个"万古愁"。

在宣城，温习李白的《宣州谢朓楼饯别校书叔云》，全诗就笼罩在一个愁字里，但他的"抽刀断水水更流，举杯消愁愁更愁"，到底愁的是什么，是"弃我去者昨日之日不可留"？还是"乱我心者今日之日多烦忧"？都是，又都不是。因为昨日一去不复返，固然令人生愁，但李白知道"天地者万物之逆旅，光阴（指日月）者百代之过客"，日夜轮回，春秋代序，不妨秉烛夜游，暂时聊以销愁；至于"乱我心者今日之日多烦忧"，这种烦忧不过是些枝枝蔓蔓，又何足深愁？

在另一首色彩斑斓、音调响亮的诗里，我们听到了李白的乡愁："蜀国曾闻子规鸟，宣城还见杜鹃花，一叫一回肠一断，三春三月忆三巴。"在他吟出这首绝句的一刻，眼前的花光，映红满山，幻听的鸟啼，"不如归去"，唤醒他心中一脉乡愁，让我们也感同身受了。不过，转而一想，即使他立马动身，上三峡，返峨眉，回到他生小的家乡，他灵魂深处的愁根，又还会生出别的愁绪，是"（此情）无计可消除"的。

但我随身带着这一卷"愁诗"，一路在皖南山水中行走，却仿佛李白的诗魂伴我，使我从琐细的烦忧中变得通脱，每首诗中展现一个不同的诗境，对照着此时此地我的眼前景，心底情，真觉得李白先得我心。在宣城，他的敬亭山一诗，让我读到他深味的孤独，到了泾县，他的桃花潭一诗，又偿我以友情的深醇。

手此一卷，我自然不会胶柱鼓瑟，按图索骥。若把李白的诗，哪怕是纪游诗，当作了导游手册，那不成了买椟还珠的呆鸟，至少也是个马二先生？在青鸾峰前仰望冰川擦痕时，遥想万千年前，地裂山崩，洪水漫溢，冰川顽石排轧而下，白浪如山，涛头喷雪，其色如电，其声若雷，我心里涌起的已经不是"秋浦猿夜愁，黄山堪白头"，而是"苍穹浩茫茫，万劫太极长""欲渡黄河冰塞川，将登太行雪满山"，在我的经验中，顶多只有黄河开凌的印象，却是李白写蜀道、写大江、写天姥诸篇中的锐猛气势和苍茫情怀,使我丰富和深化了对那不可复见的景观的想象。

从李白算起,毕竟又过了一千二百年,李白听过见过写过的清猿,已经无由邂逅了。然而,我在宁国县一带山水林菁中跟着地质队登临跋涉,那云天物候草木清溪,都在印证着李白的诗,尽管我所到的地方,也许是他的足迹所未曾到。说印证又不尽然。"解道'澄江净如练',令人长忆谢玄晖",要多少次来到江边,才能看到近似于小谢当年笔下的"澄江净如练",又才能懂得李白心中是怎样体验这看似寻常的一句诗……原来"澄江净如练"只能是属于谢玄晖,而李白吟咏的青山白云只能是李白的青山白云,清溪渌水也只能是李白的清溪渌水:我们感染了李白的诗情,再去看那山川风物,似与不似,互为注解,于是有物是人非,甚至物亦非是的感叹。

不管怎么说,是皖南那片山水给了李白以感发,他才写下那些诗来。我常说,把皖南随处一段山水截下,移到大城市郊区,都会成为轰动的景点。

我在这里,可也不全是在逛免票的公园。我身临其境地听到当地人向我讲述十几年前即 1960 年代初期大饥荒的惨状。李白写过"荒城空大漠,边邑无遗堵。白骨横千霜,嵯峨蔽榛莽",可那都是由于战乱,他对和平年代也会发生的无可抗拒的灾难性的人祸,缺少足够的想象力,更无法做出预言,这是不能苛责的吧。

那时,距离 1978 年末为丙辰年(1976)清明天安门事件平反,还有一年多的时间。但我所遇到的地质队员们,一听我从北京来,都要问当时天安门广场的真相,不但私下里问,在座谈会上也搁下正式的话题,殷殷相询。可见什么也敌不过人们力求摆脱蒙蔽的良知,"两个凡是"的桎梏和威慑开始不灵了。

我在渡江而北,去和县、枞阳之前,来到当涂。那时李白的衣冠冢还没完全修复,但千古采石矶块然依旧,失悔着不曾挽留住佯狂的诗人。我想,对于李白这样应该是勘破红尘的诗人之死,是不必痛悼的,也用不着"化悲痛为力量",更不用"一个李白沉下去,千万个李白站起来",古今中外,只有一个李白,只要你读他的诗,你就没有失去他。

　　浮云渡江去,明月下山来。清风当此夜,应吹诗卷开。
　　江草年年绿,何多相似花?我独怀李白,难再始为佳。

在采石写下这几句,为我这一次"李白之旅"画上句号。

我每到一处,有意无意都会留下一些节目,以待后游,这次也不例外。日程使我来不及去南陵、铜陵、贵池,来不及去访《秋浦歌十七首》的秋浦。1983年夏,我和皖南出生的诗人刘祖慈约定,邀请老当益壮的诗人蔡其矫一起,就在这年秋天,从《秋浦歌》诞生地铜陵市出发,追步李白的遗踪,作一次骑自行车的自助游。谁知到了十月,我奉命去参加在重庆召开的诗歌讨论会,那是为清除文艺界精神污染作舆论准备的。这次壮游便失之交臂。一转眼二十多年过去了。前几天看一本新出的杂志(似乎是《寻根》),其中有一位民俗学者考证,说李白《秋浦歌》中的"炉火照天地,红星乱紫烟"云云,并不像历代注家说的,是工匠炼矿砂时的炉火,而是当地风俗,在过年时以烧红的铁置诸砧上,击打它,使星花四溅,有如烟花爆竹,象征喜庆。这非亲历其地不能知。附记于此。

2005年6月30日

读穆旦，读查良铮

《穆旦译文集》八卷本终于由人民文学出版社出版了。

穆旦是难得的现代诗人，也是难得的翻译家，这在今天的读书界人所共知。但我在半世纪前初读他的译诗时，并不知道出自诗人穆旦的手笔，因为署名查良铮。

一下被他的译笔所吸引，回头去记译者名字，我首先想到的是西南联大有个"查良钊"，却怎么也不会想起"查"字可以拆成"木（穆）旦"！

那是1954年，我已经买到了春夏间平明出版社出版的，查良铮译普希金叙事诗《波尔塔瓦》《青铜骑士》《高加索的俘虏》，3册共收诗6首，有插图，并附录了别林斯基有关的论述。我当时仅从1947年时代出版社的《普希金文集》读到普希金的诗，到这里仿佛翻墙跳进了花木葳蕤的园子，渐入花园深处。

这年11月下旬，我到南方出差，一段时间住在南京路老《大公报》漏风的楼里。北方人不适应江南冬日的阴冷，但拥被夜读，读的是查良铮译的普希金另两本书，都是平明出版社11月刚出版的"新译文丛刊"，还带着油墨的香味。薄的一本，体例如前，内收叙事诗3首，以《加甫利颂》为书名；厚达300页的一本，却是慕名已久的《欧根·奥涅金》,原著注明系"诗体长篇小说",这个名目在我也是初见,就像果戈理《死魂灵》作者注明为"诗篇"一样,后来好像未见有人这样用过。我在夜寒袭人中随着普希金——查良铮抑扬的声调、杂沓的韵脚,神游俄罗斯,不知东方之既白。

1955年平明出版社出版了查良铮译的《普希金抒情诗集》,第一次就印25000册。1956年"三大改造"中平明出版社结束。1957年国营的新文艺出版社出版了查译《普希金抒情诗二集》,起印45000册。这一年新文艺出版社重印了《欧根·奥涅金》,因我已罹祸,没有购存,印数不详。

1958年穆旦——查良铮遭了横祸,当时我并不知道,但从1958年出版的《拜伦抒情诗选》看,译笔显然出自查手,译者却署名"梁真"(良铮的谐音),意识到译者遇到什么麻烦了。

1958后近二十年间,穆旦——查良铮几乎放弃了所有的节假日和休息时间,致力于诗歌翻译,包括拜伦的鸿篇巨制《唐璜》。他坚持悲观中的乐观,对小女儿说,等你长大了或直到老了的时候,这些总是能够出版的。

1976年,穆旦骑车摔伤了腿,因念及当时全家处境,宁可自己忍受痛苦,而延误了治疗。伤痛稍减就抢时间拼命译作。

据他的家人回忆,1977年初,赶在去医院治疗伤腿之前,他把《欧根·奥涅金》最后修订完了。在去医院的公共汽车站上,他欣慰地说:"这一年做了不少工作,《普希金抒情诗集》《拜伦诗选》《奥涅金》都搞完了。"

谁知第二天,突发的心脏病就夺去了穆旦的生命,他还不满六十岁!那是1977年2月26日,距今已有二十九年了。

《欧根·奥涅金》是穆旦生前完成修订的最后一部译作。据说在他用作底本的书上,几乎每一行都有铅笔作的修改,还新加了许多注释。我想,把最后定稿跟初译本对照,一定能得到很多启发。

期待着继译文集八卷之后,穆旦诗文集两卷本尽快出版。除了读穆旦的诗、读查良铮的译作之外,还有什么对诗人更好的纪念呢。

2006 年 2 月 13 日

普希金咏蝗虫诗

那天跟几位朋友餐聚,不记得从什么说起,我背诵了一首咏蝗虫的诗:

蝗虫飞呀飞,
飞来就落定。
落定就吃光,
吃光就飞走。

朋友中有书画大家,有戏曲研究家,还有大律师,都是博古通今,但对这首看似五言绝句,可四句谁也不挨着谁,全不押韵的这样一种体式,不免咄咄称奇。于是我宣布,这不是我的杜撰,而是俄罗斯大诗人普希金所作,我在近六十年前读到的戈宝权先生译品。大家反复朗读、念叨,涵泳其中,体会其韵味,还力求牢牢记住的同时,很是笑谑了一番。

几位朋友大约都不是洋诗的熟读和酷爱者,但他们对这首蝗虫诗所表现的兴趣,真让我感动。回家马上翻箱倒箧,找出了时代出版社1947年出版的《普希金文集》,一翻,不对了,并不像我说的是开篇第一首,而在第 20 页,且三、四两句是七言,跟我背诵的意思虽同,文字则有出入。诗题《蝗虫飞呀飞》,诗末注明 1824 年,并有注解,不知是苏联编者还是中国译者注的。二、四两行,各空两格,估计是按诗人原作的样式,现照录如下:

  蝗虫飞呀飞,
    飞来就落定;
  落定一切都吃光,
    从此飞走无音信。

  这一译文该是忠于原作的,第三句强调了"一切"都吃光,第四句"从此飞走无音信",似比"吃光就飞走"显得"雅"一点,不那么秃不喇的,有点余味——仿佛那蝗虫飞走后人们还盼着它捎来音信似的;这就不是对遭遇蝗灾的简单写实,有了一点"浪漫主义"吧?

  但从注解看,这首诗倒确是对一次蝗灾的纪实:"1824 年当普希金在敖德萨总督府供职时,总督伏龙卓夫把他作为一个小官员,派他去调查蝗灾区域,这使得普希金气愤异常,据说他回来后,就写了这首短诗,作为报告。"按:诗人生于 1799 年,当时二十五六岁,少年气盛,不知深浅,冲撞领导,后果如何?经查文集中戈宝权先生编的年表,果然,就在 1824 年这一年的 8 月 11 日,"普希金因敖德萨总督向沙皇递呈非难其行为之公文,遂被逐出当地,并在宪警押送之下,遣送至其父母在普斯柯夫省之领地米哈伊洛夫斯克村幽禁"。看来年轻的诗人若非出身贵族,就会直接押送到监狱去了。而侥幸得免牢狱之灾的普希金,当年 10 月写出长诗名篇《茨冈》(我国有瞿秋白等的译本),第二年写出了诗体小说《叶甫根尼·奥涅金》第一章,完成了历史悲剧《波里斯·戈都诺夫》。可见,诗人不适于做那个小官,更适于驰骋想象于城市与乡野之间,历史与现实之际。

我绝无看轻蝗灾报告之类的意思。只要不是敷衍塞责以至弄虚作假,而是真正有助于减灾救灾。我们今年报上也多次报道了蝗灾灾情,基层干部并呼吁要加强灾前防范的投入,别等已经成灾,这才层层报批采取措施,云云。这就是现代传媒的作用,普希金当时没能做到的。

从小我就知道蝗虫之可怕,一经飞蝗过境,庄稼寸草不留。不过,它的为害总是局部性的。而据说公款吃喝全年已达两三千万,那就超过蝗灾总和不知多少倍了。因此,朋友们对这首诗的关注,其实或不在于诗。只是我因误记误传,歪曲了戈老的译笔,应该负责更正。我把戈译原文抄了几份,分寄友人,附言说,多半是当年互相传诵时,为了顺口做了篡改,不可诿过于人也。由此亦可见记忆之不可靠,故失去记忆亦不足惜了。

2006 年 8 月 21 日

无　题

　　我迟迟没有给电话地址簿上的"蔡其矫"画上黑框,因为我几乎不相信他已经不在了。

　　我听到他去世的消息,就想起他在七十岁时写的:"苦苦等待新的命运,不知老之将至。"那是1988年,从那以后的十五年来,他果然是"惟把虔诚献给诗,难以传达的则用沉默表示"!

　　这个蔡其矫,这个蔡诗人,这个老蔡,他真的是至死都"不知老之将至",在别人早就自知"老之已至"的年龄。他去世的第三天,我在厦门,打开厦门日报,就见年月女士编的"海燕"副刊上一大幅照片,是2006年5月诗人在鼓浪屿露天大型诗歌朗诵会上,正昂首诵诗,一脸阳光,一袭红衫,虽然微皱眉头,哪里有丝毫老态!

　　不过,这大约是被诗情和群情所鼓舞,乃作天鹅之歌了。去年10月在北京友谊宾馆的研讨会上见他时,他确已不如前些年的矫健,让人觉得只有左右扶着他才更稳妥。

　　从1983年到1998年,我住在虎坊路。很长一段时间,老蔡每到北京,从他住的大雅宝胡同或东堂子胡同骑车来西城,到我们楼里看望陈企霞夫妇,总要顺便到我家里小坐。九十年代中骑车被撞,伤了脊骨,才不再骑车了。此后,他虽痊可,但渐渐发胖,有时坐长了，就打起盹来。不过只要一睁眼，一说话，露出人们惯见的饱含魅力的笑容，就还是透出朝气和童心的那个蔡其矫了。

生老病死，人生之常。然而像老蔡这样与衰老无缘，怎么能跟"寂灭"联系起来呢。

我跟老蔡可以说是忘年之交。一是照习惯说，相差十五岁该算是两代人，再则跟他相处，真的会忘记彼此的年岁：他待人平易随和，使你忘记了他是"长辈"，有时甚至不免开些没大没小的玩笑，而在他面前，自然也没有自觉老大的理由，倒是让他给"薰"年轻了似的。

其实，我和他的交往很晚，知其名也很迟。1949年以前，选有"解放区"诗作的书刊上，不曾见过他的名字。二十世纪五十年代初期，主要是推广延安讲话后文学作品的"中国人民文艺丛书"中也没有收入过他的诗作，如诗选《佃户林》尽是民歌体的工农作品。大约在1951或1952年，我才从一篇手抄稿读到了他的《兵车在急雨中前进》：原来晋察冀边区还有这样的诗人，这样的诗风！我也就明白了，尽管他写的是军事生活的场景，这样的作品却不可能作为"工农兵文学"的样品推出——甚至像《肉搏》这样在抗日战争的血与火中产生的，曾在抗日根据地得奖的诗作，都被遮蔽了多年——我也是多年以后才"发现"了这首诗！

这一历史现象，不能不说是因对诗歌源流问题上的胡涂认识，导致对文学"萌芽状态"不恰当的推重，也造成文学认知上的误解和评价上的混乱。

我在这里不想多谈这个方面，涉及文学发生学和文艺美学的话题,也是我的学力所不胜任的。

二十世纪五十年代诗集出版的数量有限,我记得蔡其矫的《回声集》《回声续集》和《涛声集》在1957年前一面世,我都是第一时间购得,但报刊上不见任何反响,显然在文学界领导和评论家们那里,是视为非主流的。回忆我当时的直觉,其有异于主流者,也是后来一以贯之的,一是题材上较之当时一般作品显得宽阔,且不单"反映现实",还有内心真情的披露;二是诗人能把每一个词汇安放在最适合它的地方,词语组合氤氲出诗意的过程和结果都是和谐的,文字运用的熟练,也得归功于他对语言的感觉精细入微。没有对母语的热爱是不能达到这个境界的。

1957年6月初的端午节,《诗刊》社在欧美同学会原址开茶会,在会上见到了诗人蔡其矫。大家半戏谑地称他为"大海诗人"。因为他刚在5月下旬出版的《诗刊》上发表一首长诗《大海》,写的不是大自然的海洋,而是以大海为比兴献给斯大林的一首颂歌,写于同年2月,即赫鲁晓夫揭发斯大林个人迷信及其后果的一周年,却完全符合中国主流意识形态对斯大林"功大于过"的评价口径。

蔡其矫晚年编辑"诗歌回廊"时,仍然将它收入,但未循例以写作时间为序,而是附在《人生系列·雾中的汉水》一册之末,既表明了他今天对斯氏改取批判态度,又表现了不为己讳的勇气。

由于主体和客体等方面的原因,人对复杂的社会历史现象的认识,是一个不断深化的过程。

经历了动荡的1957年,他在年底时写出了《雾中的汉水》和《川江号子》这样的诗,为个人的写作掀开新的一页。而《大海》可以说是他告别斯大林时代的最后的挽歌了。

"文革"结束,十一届三中全会闭幕不久,1979年1月,在北京的全国诗歌座谈会上,一百多位、几代的诗人久别重逢,还有些从未晤面的朋友也亲切相见,正所谓旧雨新知,济济一堂。正在福州的老蔡得到通知,赶回家乡园坂取了冬衣,匆匆北上。

那次会上提出,要大家思想解放,写出好诗。

应该说,老蔡的思想比一般人解放得早。从"文革"时流放闽西的八年,他就以疏离主流的心态写着明知无法公开发表的诗,并以诗会友,结识了上山下乡知识青年中的许多新诗爱好者,其中有舒婷和她的朋友们。接着,他在1978年《今天》创刊之前,就跟北岛、芒克等有了交往,并支持他们这一群体的文学活动。年轻的诗人从他身上感受到对诗、对自由的强烈执著的爱与追求。

从1979年起,他除了以更加自由的意志写作外,还一度废寝忘食地编辑《榕树》文学丛刊。他好像有用之不尽的精力,向他约稿,有求必应,向他请教,有问必答。记得有一次我提了一个问题,他特意抄引了一大段雨果的话来作答,让我感动(可惜一时找不到,但我曾注意保存,总有一天会翻出来)。他以真心对人,故他在几代写诗的人中都有可以信赖的朋友。我每次到他家去,常可以遇到年青的诗人。他青春的心是有吸引力的。

1982年夏,我在青海路上,跟同行的安徽诗人刘祖慈相约,秋天骑自行车走皖南,完全自助,循着李白的脚印,遍游池州、南陵、当涂、宣城、黄山。还说好征求老蔡意见,看他愿不愿同行,结果一拍即合,蔡诗人立马同意。不料变生不测,到九月末,几近成行时,我忽奉命要去重庆参加一个会(就是以"高举社会主义诗歌旗帜"

相号召,对舒婷、北岛进行缺席审判的那个所谓"讨论会"),我去不成皖南了,眼睁睁看着刘祖慈和蔡其矫欣然就道。

我觉得老蔡已经写得够多了,他却直到晚年还有宏大的写作心愿。我知道他对郑和产生了浓厚的兴趣,这兴趣来自他由衷地关注海洋,关注与海洋有关的一切。我便给他寄去一些有关的资料,才知道他已经做了相当充分的准备,是要写一部长诗的吧,正像他把自己对大海、对渔民的感情投射在妈祖身上一样,看来,他把他对大海远洋向往的胸怀,乃至与世界各民族交通友好的愿望,将都寄托到郑和身上。我想,这部作品可能没有最后完成,也就无从问郑和是否能承担得起了。

回首近三十年的往事,我又重看了蔡诗人早年给我的信。

我于1978年11月(或10月下旬)到《诗刊》工作。那时只想做两件事,一是让长期沉埋的老诗人"出土",一是把"地下"的年青诗人群引到"地上"。我给蔡其矫写了一信,告诉他我对某诗的一些想法,主要是希望他能先拿可以免于争议的作品来"亮相"。他在1979年1月3日回信说:"在某些方面我很缺乏自知之明。《地下……》大约因有不少爱情字句,而且是自己的,就不免会受攻击吧?这样的诗,我有不少,都难拿出。这一回也是考虑不周,但给你看是不怕的。"后来,发表了他的长诗《玉华洞》,各方面反响很好。

他在1979年新年前夕,"写下这样几句祝愿":

像宇宙一样敞开的心

普通劳动者的太阳
穿过正在消散的云层
瞠视着自己创造的神像。

每一根战栗的心弦
都回响着过去的悲伤,
谎言的诗已斯丧
真理的歌声多么响亮!

人民拒绝黑暗的王国
也拒绝对贫穷歌唱,
心因为流血而更鲜红
眼睛注视着未来的希望。

　　最后结句写道:"让霸主、官主都消逝/上升吧,民主的太阳!"像"民主"这样的词汇,作为褒义词,当时人们已感陌生,因在"文革"初起,"自由民主"就成了"资产阶级的遮羞布",到"文革"后期,则大张旗鼓地号召打倒"资产阶级民主派"了;而诗人在这里把"民主"和"官主"对举,确有新意,也让读者一醒耳目。这首新年祝愿是写在信里的,我不知道后来是否写定发表过。
　　谁说诗人蔡其矫不问政治?他在这里,而且不止在这里,披肝沥胆地宣布了自己的政治态度。

2007 年 3 月 5 日深夜

谁为阿拉木汗咳嗽？

有一首西部民歌《阿拉木汗》，大约是维吾尔族的老歌，不知是哪位音乐工作者把歌词译为汉语，从二十世纪四十年代就已成为许多专业演唱会和业余歌咏队的节目，1949年后得到更广泛的传播。半个多世纪流行不衰，可以说是经典了。

从早年油印的歌篇到后来铅印的歌集，它的汉译歌词基本上是一贯下来的。词分两段，第一段回答"阿拉木汗甚么样"，形容其美丽佼好可爱，第二段回答"阿拉木汗住在哪里"，则是极状其追求者的锲而不舍。

第二段歌词是：

阿拉木汗住在哪里？
吐鲁番西三百六。（重复）
为她黑夜没瞌睡，
为她白天常咳嗽，
为她冒着风和雪，
为她鞋底常跑透……
阿拉木汗住在哪里？

吐鲁番西三百六。(重复)

歌词质朴,曲调亦有情致,相配无间,相得益彰。只是几十年来,每每哼唱到"为她白天常咳嗽",总不由得质疑:原本的歌词在这里是"咳嗽"两字么? 就如我们在另一首西部民歌,哈萨克族老歌《可爱的一朵玫瑰花》中唱的,那在山上骑着马,因听到赛地马利亚"歌声宛转"而迷路,"从山上滚下"的,是"强壮的青年哈萨克"伊万都达尔;在这首歌里,我们想象中的歌者,为阿拉木汗而顶风冒雪跑破鞋底的青年,也应该是强壮潇洒,而不该是因为辗转反侧失眠感冒而"白天常咳嗽"的病夫。"我是那多愁多病身,你是那倾国倾城的",只能是张君瑞对崔莺莺的自述,贾宝玉向林黛玉借以表白已觉牵强,因为"常咳嗽"的是黛玉而不是宝玉!

其实在第一段歌词中,"她的眉毛像弯月,她的身腰像柳絮",这后一句也值得推敲。身腰若像柳絮,不免飘飞无定,即掌上舞也达不到的境界。前面唱道,"阿拉木汗甚么样? 身段不肥也不瘦",然则说她身腰像"杨柳",倒还靠谱。汉族民歌"走起来好像风摆柳"庶几近之,那指的是柳条而不是柳絮。

回到第二段来,我猜"咳嗽"是误译,或是译者为了凑韵造成的。在六七十年前,这首少数民族民歌的汉译,多半不是出自专业的语文工作者,而很可能是像林琴南(纾)老先生译西欧小说那样,听人述其大意,然后写下来。有些出入,也是可以理解的。不过,既称经典,还会几十年以至几百年传下去,如能有专业的研究者加以复核,并不须要重译,只把误译改正,当是功德无量的事。

联想到蓝英年兄一再提到一首俄罗斯民歌的误译:歌者向情

人倾诉,情人竟被换成老马了。不过,契诃夫小说中就有老农民向他的马叙说衷肠的一大篇话。爱唱那首歌的中国人,如果看过契诃夫的小说,也许就不觉有异。从译笔看是个差错,从情理看似亦可通。附记于此,聊发一噱。

2008年8月6日

关于《阿拉木汗》的歌词

《笔会》9月3日刊出我写的《谁为阿拉木汗咳嗽》后,友人寄我一份剪报,是《扬子晚报》文艺部记者鞠健夫先生写的《王洛宾生前说版权》。"西部歌王"王洛宾于1996年3月14日去世。这是在纪念王洛宾去世12周年时,首次曝光老人的遗嘱和他写给鞠的三封亲笔信。

从这些信里,得知《阿拉木汗》一曲是老人当年学习维吾尔族民歌后,在民歌基础上编词编曲的。

王洛宾写给鞠健夫的第一封信(1994年5月13日),就是在《阿拉木汗》引起版权纠纷时,写了一篇题为《我和阿拉木汗》的短文,说明原委,表明态度,"希望你们暂时保持沉默"。兹录这篇短文如下:

我和阿拉木汗

《阿拉木汗》是半个世纪以来海内外流传的一首新疆民歌,这歌是四十年代初,在青海西宁向一位维吾尔族商人阿不都·哈迭尔学习来的。

近来发生一件纠葛的事,海外某先生假冒我的名字出版了与他大合作的音像制品,并且把唱了50多年的阿拉木汗唱词,大加修改,既没有语言逻辑,又缺乏汉语修辞。这件纠葛使我很痛心,但痛心的绝不是某先生冒名二人大合作出磁带的事,而是某先生把一首唱了50多年大家喜爱的民歌,低水平地作了修改。这事我想请大家公论,如果多数人认为某先生修改得好,我马上宣布,50多年前我的原作,作废!如果大多数认为原来的唱词较好,那就请某先生把单方出的双方大合作的磁带收回。

祝朋友们夏日愉快!

洛宾

一九九四年五月十三日

王洛宾老人把擅自并且是低水平地改动他编词编曲的《阿拉木汗》的歌词,作为一种侵权行为,比起对那人单方面冒名双方"大合作"出版磁带的侵权,看得还重。老人对作品中属于个人的创作成果的坚持和保护,理应得到应有的尊重。

王洛宾在给鞠健夫的第二封信(1995年4月9日)中,着重说到民歌改编者的劳动。有人认为民歌工作只是记谱填词,是一种简单劳动,没有什么创作性,他说,"其实我个人感到改编一首民歌,有时难于写一首新歌。写歌是纯主动的,改编则是被动加主动"。这回他附上一篇题为《我和西部民歌》的短文。现将文中一、二两节移录如下:

一:我国民歌长期停止在口头文学的阶段,"五四"以后才逐渐进入文字记载。目前有人认为民歌主要是由音乐构成的,并指出我编些民歌的劳动,只是构成一些赤膊的旋律。我认为今天的民歌(指能在世上传唱的),应该是文学加音乐,人民群众虽不都是诗人,但群众都有诗的感受,编写民歌唱词必须提高唱词的文学性。同时民歌记谱也是困难殊多。同样一首歌,每个人唱的旋律各异,甚至一个人唱的多段体的歌,由于唱词语言的变化,每段旋律也有不同的变化。记谱者要用美的音乐标准去固定它,改编它。尤其是兄弟民族的民歌,由于语言不同,若以汉语去表达它的内容,极为困难。

目前图书馆里,可以翻出成千上万的各族民歌,大都作为资料进入了档案,只有极少数能在世上流传。其原因除了获得动人的文学(唱词)和找到美的旋律之外,还要在这两者之间,加上一个高度艺术的灵犀"一点",这"一点",我认为就是改编者的劳动。

二:三十年代到四十年代间,(我)多(只)注明记谱、译词是一种失误,当时自己没有版权意识。五十年代后编写的则注明编词曲,是正确的。

王洛宾当时处于版权纠纷的困扰中,他在给鞠健夫的信里,说到他向这位记者提供的有关资料"起码是三年以后才能使用"。现在时过十多年,老人去世亦已十二年,不知遗留下来的版权纠纷是否依法得到了完满的解决。

在拙文《谁为阿拉木汗咳嗽》,对歌词中的"咳嗽"以至"柳絮"两词有所议论。当时对这首民歌十分欣赏,认为词曲从整体上说堪称经典，不然就不值得精益求精了。但没有确认这是王洛宾老人编词编曲（记忆中所见老歌本都只是注明为"新疆民歌"），更没有见到过那位"海外某先生"单方面冒名"双方大合作"出版的磁带中对歌词所作的、被洛宾老人称为"低水平的修改"，因此才有了那一番商榷。倘这商榷能在老人健在时提出，说不定会被老人接纳，未必会遭到与"海外某先生"等量齐观的吧。

读老人致记者信后，对《阿拉木汗》的改编与流行，以及改编者王洛宾老人的有关意见，有了确切的了解，应向读者说明。

附带还有两处闲笔：

一是不知记者鞠健夫先生是否读到过所争议的磁带中大肆改动的《阿拉木汗》歌词，有无可能让我们广大读者见识一下，或对歌词创作以至诗创作都有些鉴戒的价值。

二是区别好的改编和坏的改编，后者当然是对原作的糟蹋，而前者则是对原作的加工和弘扬。王洛宾改编的西部民歌属之，我还认为《乌苏里船歌》亦属之，这首改编的民歌，使人们对一个兄弟民族增进了了解和亲近，而由它引起的一场官司，使这首传唱遐迩的名歌因此封杀，从原告方说来，实属不智之举。

2008 年 9 月 10 日

一个摭拾断句的孩子

孙女读小学就能背诵不少唐诗宋词了。我却只能记诵一些警句,很少记住全篇的。童年我是个摭拾断句的孩子。

最早接受的古典诗歌启蒙,倒是两首完整的五言绝句,每首二十字,母亲教我的,你猜对了:李白的"床前明月光"和孟浩然的"春眠不觉晓",不过我那时一直以为是"窗前明月光",所以也不用管那"床"是马扎呢还是井栏。

我上小学是上世纪三四十年代之交,离"五四"新文学运动才二十年,中学国文课本里有古文和旧体诗,小学课本里只收白话文和白话新诗。

三四年级有些押韵的课文,老师也没说这是诗,像"讨厌顽皮牛蒡草,沾人鞋袜沾人袍⋯⋯"许多年后在《叶圣陶文集》里发现了这首歌谣体儿童诗(原来先生不仅给孩子们写过关于稻草人和古代英雄石像的童话)。无论中外,儿歌童谣都是短句押韵,有节奏感。这是最原始状态的诗的萌芽。还有一首半格律体新诗,每段四行,大体整齐,押韵:《迎面吹来旷野的风》,不知出自哪位诗人的手,后来迎风走路时,常常想起这一句,全诗早忘了。

小学课本里标明作者的诗,则都是"五四"名家。胡适的《鸽子》,虽然间有文言词语,但色彩鲜明,音调响亮,易于背诵,印象比较深。他的另一首诗,散文化的《上山》,"努力,努力,努力往上跑!我头也不回,汗也不揩,拼命地爬上山去",通篇是鼓劲加油的口号,就不如周作人写天安门前《两个扫雪的人》,"阴沉沉的天气,香粉一般的白雪,下得漫天遍地",只见那两个人在默默地扫雪,有意境,能感人。我们也承认了不押韵的篇章只要有诗意,同样是诗,甚至比押韵而没有诗意的更是诗。新诗不但可以不押韵,而且可以用散文的句法,这叫自由诗,这就是新诗之所以为新诗。

而旧体诗,有两千年历史的中国古典诗歌,天可怜见,我的腹笥中只有两首五言绝句,在找到家中石印本的《唐诗三百首》以前,只能撷拾一些古代诗人的断句。

小学一年级的算术课本里有一幅插图,旧式客厅,挂着一副对联,上写"淑气催黄鸟,晴光转绿萍",虽然记住了,可看不出门道来,得不到审美愉悦。后来知道这是杜甫的祖父杜审言的诗,我当时看不懂,恐怕一是"淑气"的"淑"失之抽象,不能诉诸感官,二是"转绿萍"的"转",本属于"炼"字,我太幼稚,转不过弯来,体会不到其中的动感。

常识课本里有一次引用了苏轼的两句诗:"秋来霜露满东园,芦菔生儿芥有孙",老师讲芦菔就是萝卜,这第二句挺形象,记住了,一记六十多年。并不是东坡先生的代表作,一般的苏诗选本是没有的。

地理课本也不枯燥,在讲"口北"的大陆性气候时,引用了"朝穿皮袄午穿纱,傍着火炉吃西瓜"的谚语,而说到那里的自然风光时,引用了一联诗:"白日照人如月色,野风吹草作泉声",对仗工整,绘声绘色。

　　这已是我又一次遇到"白日"。音乐课唱一首唐代高适的边塞诗:"白日登山望烽火,黄昏饮马傍交河。行人刁斗风沙暗,公主琵琶幽怨多……"这里的白日,虽是与黄昏相对的白天,但也使我有如登山远眺,弥望风沙昏黄,想见北方边地的荒寒。

　　音乐课还教唱过"满江红","怒发冲冠,凭栏处,潇潇雨歇……"据说是岳飞写的,有文人拍曲的一种愤懑内蕴的曲调,还有行伍行进时一种激昂疾切的曲调。古诗《木兰辞》,我也是先从音乐课学唱的,唱到"万里赴戎机,关山度若飞"就放寒假了,在这句前面的诗,我能背诵下来,我又多背了几句,再后面就不会了。但后来由此领悟了共产党烈士王若飞取名的由来。

　　刚才说的都不是国语课本里教给我的。五年级下册的国语里,有一课引用了陆游在杭州写的"小楼一夜听春雨,深巷明朝卖杏花",醒目的是配了一幅素描,画一个梳长辫子的姑娘扼着一个花篮的背影。国语杨老师(她题写纪念册时用的全名是杨汤桂荣)很重视这一诗配画。后来一次作文课,她拿来一摞铅笔风景画,让我们每人自选一张,各作一篇写景文。这个做法给我们一个空间,鼓励了细致的体察和自由的想象。

　　小学三年级起有书法课。大楷写过李白的"牛渚西江夜,青天无片云,登舟望秋月,空忆谢将军……",后来临柳公权的《玄秘塔》,不是诗了;小楷则几年下来,一直写白居易《长恨歌》,从"汉皇重色思倾国,御宇多年求不得"到"天长地久有时尽,此恨绵绵无绝期",一个片断一个片断地逐渐背了下来,加上听过黄自作曲的"山在虚无缥缈间",我能在一个人独处时进入那个有景有情的诗世界。

我在课外已经读了《唐诗三百首》等书。奇怪三百首中竟不收《长恨歌》，也不收白居易的《琵琶行》。好在我每晚在院里玩的时候，听哥哥在书房背诵"浔阳江头夜送客，枫叶荻花秋瑟瑟……"已经把精彩的句子默记下来了。这样听窗听来的诗句，还有《四时读书乐》，我最喜欢"读书之乐乐何如，绿满庭前草不除"，大概有点另类吧，又听哥哥说有个作家取别号就叫"不除庭草斋夫"，于是大乐。

还有听来的诗句，像从家境困窘的亲友口中，知有黄仲则的"全家都在风声里，九月衣裳未剪裁"，使我从幼年就感受到人生的另一种况味，穷愁与凄凉。

当然，还从武侠小说里看到"丈夫有泪不轻弹，只因未到伤心处"，这两句也陪了我大半辈子，支持我即使遇到逆境也不轻易落泪。

一个孩子，一路撷拾着喜怒哀乐不同色彩的断句走来，不期然而然地走近了诗。那个孩子就是我。

2008 年 9 月 29 日

给灰娃的信

灰娃诗人：

读新版《灰娃的诗》，见到去年《国旗为谁而降》注明写于阜外心血管病医院病房，感到十分亲切，因为在那半年多以前，我也住进那家医院病房，为接受"搭桥"手术，不过是在其第二门诊部罢了。

我很同意屠岸先生为您的诗集写的序言，可谓知人论世。他对您的诗在当代诗创作中所独具的特色，分析得很具体，很中肯，用今天惯用的话说，很到位。

我在上世纪末从朋友处读到您的《山鬼故家》，即为之惊"艳"，除了昌耀以外，久不见此个性化的诗了。语言和意象的独创，使我感到惟此人有此诗思，有此诗境，有此诗句。有一种不可复制性，别人是摹仿不来的，硬要摹仿也只能是邯郸学步。而且，由于您忠于自己的感觉——诗的感觉，您也不会复制自己，这是屠岸先生说到了的。您的那些诗，曾让我重新思考所谓现实（写实）主义与浪漫主义的关系问题，是不是像有些理论家看得那么两不相干，又像有些理论家设想的那样可以从外部生硬地"结合"？

这一回我重读您的诗，包括曾结集为《山鬼故家》那部分，还有新增加的部分。在我的心里忽然浮现"纯诗"两个字。"纯诗",这是有人论述过的,有人追求过的,也有人认为不可能存在的。关于它,有这样那样的定义,莫衷一是。我不想从定义出发来探讨。我的这个反应,纯粹是出于对灰娃的诗的直觉,和对母语中的"纯"字的最朴素的理解。

从诗的生成来说,诗人作为主体是第一位重要的,也就是诗人的精神层面,灵魂层面。心地纯净,排除各种借口的功利之念,才有可能为真正的诗人。王国维说,诗人是"不失其赤子之心者也",赤子之心,是天真,也是纯真。灰娃对童年家乡亲人的回忆,对少年时期延安生活的怀念,是直觉的,是天真或称纯真的,是理性的思辨所不可替代的。这样的心地,如海绵一样吸纳了各样的表象、感受,形成心象,营造出一个不同于客观世界的诗的世界。这个过程,是从生活"提纯"的过程。在这个意义上写出的诗,称之为"纯诗",不是恰如其分的吗?

在这样的纯诗里,并不拒斥社会现实,但是对现实做了"诗化"的处理。在这样的纯诗里,自然不含世俗的渣滓。它是高于生活的更高的真实,只有在这样的真实中,才会有诉诸道德的和审美的可能。这更高的真实,体现了诗人的心灵的真实,因此是独特的,不可复制,不可摹仿的。

屠岸先生说灰娃无意为诗人,以及一连串的"无意",即不是刻意为之。灰娃的诗中有大量的通感和象征,但可以想见,她绝不是学习了"现代诗技巧"一类讲诗艺甚至是"做法"的书以后亦步亦趋的,甚至我想,她也未必读过这些文字。"诗有别材,非关学也",在这里又可以得到一个证明。对于走上写诗的道路的人来说,不妨了解些有关诗的理论、源流、争议,也不妨涉猎一些有关诗艺的探讨,但归根结底要从心灵出发,要从自己的真正的感受出发,要生活在自己诗的感觉中,这不是人人能做到的。

灰娃的诗,可以看作是她"一个人的心灵史",折射了一个时代,苦难的岁月,普通人的命运。一方面,是足以导致一个敏感的人精神分裂的矛盾和折磨,一方面是"为人类尊严拼死抵抗"(灰娃语),这就是灰娃的诗。

这样的折磨和矛盾远远没有结束,这样的抵抗也远远没有结束。这就是灰娃的诗的泉涌不绝的根源,她仍然没有放下诗笔。愿她健康长寿。

灰娃大姐:写到这里,我不自觉地把第二人称写成了第三人称,因为我希望这封信能够在这些尊敬您,喜爱您的诗的读者和知音面前一读,以弥补我不能前来的遗憾。

客套的话就不说了。我的有关"纯诗"的说法,也许不为文学理论家所同意,那我就换一个说法——灰娃是纯粹的诗人,灰娃的诗是纯粹的诗:对不对?

邵燕祥
2009 年 5 月 14 日

跟叶至善一起唱古诗词

我和叶至善先生相识很晚。第一次找他，记得是上世纪八十年代初。有一位写儿童诗的评论家，为一家河南郑州或开封的儿童刊物求叶圣陶老人题签，不知为什么，说让我帮忙，我贸然答应下来，就恭恭敬敬写了封信给至善。很快回信来了，叶老的题签也来了，我当即转去。一种顺利完成任务的快慰，由衷感谢叶老对儿童刊物的关切，也感谢"小叶老"的玉成。谁知过了些日子，诗人通知我，那个刊物改主意了，叶老的题签没有用。但也没退回。我无话可说。也不知该怎么告诉至善。我都不知道该怎么样去请求原谅。于是我成了鸵鸟，尽量避免跟至善先生打照面。幸好本来不在一个圈里，照面的机会原就不多。我只是吸取教训，往后再不冒冒失失地揽这类差事了。

不过，可能因为我和另一位"小叶老"叶至诚的过从多些，至善也把我当作他的弟兄辈看吧，凡有新作，总要给我寄一本来。我们就成了"通讯朋友"，更确切地说，是互寄印刷品的朋友。朱正兄在北京的时候，因他和至善兄走动较多，有时他就成了"传书带信"的人。

1995年岁尾，收到至善兄赠我的，由他编配的《古诗词新唱》五十首一书，我才知道他爱唱歌，中学时代唱过不少古诗词配上欧美曲调的歌，大多出自弘一法师(李叔同)之手，"我很喜欢唱这样的歌，因而记熟了不少古人的诗，同时记熟了不少欧美的曲调，有各国的民歌，也有名家的传世之作；可谓一举而两得，遂常生效颦之想"。他后来说，"四年前(1993)的春节，我心脏发病住院，躺在床上无聊透了，只好背记得的诗词，哼唱熟的歌。哼到前苏联的《遥远的地方》，觉得有些词语不太熨帖，正推敲间，忽然想起了范仲淹的'碧云天，黄叶地'，于是背一句词，哼一句曲子，配在一起轻轻哼了两三遍，居然像一回事，当时拿铅笔记了下来，又作了些修改。没想到从此一发不可收拾。"这就是《古诗词新唱》直到它的增订本(开明出版社1998版)的缘起吧。

《古诗词新唱(增订本)》增加到一百五十首，每一首都附了或长或短的"校后琐记"，可作小品读。如关于这首范仲淹的《苏幕遮》，至善写道：据说《苏幕遮》是波斯语的音译，意译该是"手帕"或"头巾"。此话如果当真，很可能是波斯的一支舞曲，在盛唐就引进了，宋代是没有这样的气魄的。"先忧后乐"的范仲淹当过陕西经略副使，任务是防御西夏入侵。他留下的词只剩五首，倒有三首写镇守边关时的凄苦心情，因而被后人称作穷塞主。"词和曲子都表现边防将士怀念家乡，配在一起容易合拍。诺索夫的《遥远的地方》似乎被遗忘了，在'文革'前经常有人演唱，电台也经常播放"。

现在我把范词写下来，请记得《在遥远的地方》曲调的朋友不妨试着哼唱一下：

碧云天，黄叶地。秋色连波，波上寒烟翠。

山映斜阳天接水,芳草无情,更在斜阳外。
　　黯乡魂,追旅思,夜夜除非　好梦留人睡。
　　明月楼高休独倚,酒入愁肠,化作相思泪。

　　如果中青年的朋友对《遥远的地方》曲调不熟,卡普阿《我的太阳》却是至今红遍天下,听熟了的男高音,几乎人人能哼的。至善兄给配了一阕《沁园春》。不是每个人填词的《沁园春》都适合这一曲,而刘克庄的《梦孚若》简直像是天造地设,倒是这词有些读者可能感到陌生,但请一试歌喉:

　　何处相逢?登宝钗楼,访铜雀台。
　　唤厨人斫就,东溟鲸脍;圉人呈罢,西极龙媒。
　　天下英雄,使君与操,余子谁堪共酒杯?
　　车千乘,载燕南代北,剑客奇材。

　　饮酣鼻息如雷,谁信被邻鸡催唤回!
　　叹年光过尽,功名未立;书生老去,机会方来。
　　使李将军,遇高皇帝,万户侯何足道哉!
　　推衣起,但凄凉感旧,慷慨生哀。

　　至善兄说"但愿歌唱爱好者不要放过这一首新配的旧词",因为这一首句句合拍。只是经他处理,一开头变成了"啊……何处、何处相逢",这样的处理,在配歌时在所难免,不但无伤于词、曲,弄好了反能有更积极的效果。比如,另一首,舒曼有名的《梦幻曲》,

正好配李清照的《渔家傲·记梦》,词短曲长,就把词重复一遍,恰也曲尽那梦魂缥缈,回肠荡气之妙。

词曲的相配,一是内容和情调,一是词的声调和曲的旋律间的合榫。

我猜至善兄为词寻曲或为曲寻词,最初想必是先从题意着眼的。我们这一两代人大概小时候都唱过"(外国名曲)101首"的歌,因此知道美国作曲家福斯特。拿福斯特《美人还在梦中》配冯延巳《蝶恋花(谁道闲情抛弃久)》,拿福斯特《故乡的亲人》配叶清臣的《贺圣朝·留别》,前者缱绻情深,后者不胜沧桑,词曲都极相契。

拿舒伯特《小夜曲》(雷尔斯塔甫作词那一首),配秦观《鹊桥仙》,也仿佛天衣无缝:

> 纤云弄巧,飞星传恨,银汉迢迢暗度。
> 金风玉露一相逢,便胜却人间无数。
> 柔情似水,佳期如梦,忍顾鹊桥归路。
> 此情若是久长时,又岂在朝朝暮暮。

至善兄说,这首小夜曲非常有名,"我在中学里唱的是英译本,才唱曲子的头三句,就联想起'纤云弄巧,飞星传恨,银汉迢迢暗度'。隔了六十年,居然把这支曲子给秦观的《鹊桥仙》配上了。"这是舒伯特和秦少游的缘分,也多亏至善兄给搭桥。他说:"咏牛郎织女的诗词很多,秦观这一首所以出名,可能因为他跳出了描摹痴男怨女的框框,抓住了相聚相别两个场合,形象地阐述了他对真挚爱情的价值观。为了跟曲子相配,我重复了下片的好句子。一般说来,重复会产生强调的作用;可是最后(反复咏唱)的那个'朝朝暮暮',好像给添了一层意思:此情果真久长,不必求朝朝暮暮,可免不了朝暮思念。想不到无意中犯了个妄改原作的错误。"其实编配者并没有"妄改",词的抒情主人正因为断不了朝思暮想,这才用"又岂在朝朝暮暮"来说服自己呀。

秦观的《踏莎行》,配了爱尔兰民歌《即使你青春(美丽都)消逝》,原歌词是表达对爱人的忠贞不渝的。我小时唱这支曲子,是国人另配的词:"正日落秋山,一片罗云隐去……"写秋夜"万种情怀安排何处"的莫名惆怅,典型的"小资产阶级情调"吧。现在至善兄以秦词配歌,从"雾失楼台,月迷津渡"到"郴江幸自绕郴山,为谁流下潇湘去",一脉古典的旅愁与相思,正合着一个孤独的歌者在心中默唱——为谁流下潇湘去?这阕《踏莎行》,据说今天在郴州立了诗碑。郴州一直是我心向往之的地方,然而近年那里官场恶行名声在外,叫人望而却步了。

托赛里的《小夜曲》,我似乎只听过器乐,也不知听过多少遍了。至善兄拿它配了苏轼的《洞仙歌》("冰肌玉骨,自清凉无汗……")。他说:"托赛里这首《小夜曲》,担心往日的爱情不过是一场春梦,呼唤恋人快回到自己身边。曲子的情调跟苏轼的这首《洞仙歌》很不相同,配在一起却还过得去,只要在唱的时候控制点音量就成了。"其实,苏轼这首词固然说是足成蜀主孟昶的佚词,内容是写孟与花蕊夫人摩诃池避暑的,但到了诗人笔下,却并不止于写"钗横鬓乱",恰恰是"但屈指西风几时来,又不道流年暗中偷换",贯串着苏东坡上天入地在寥廓时空中的沧桑感,跟《小夜曲》中追怀旧梦的情调还是相通的。况且,有时一支曲子,既能配伤感的词，也能配欢快的词，的确只要在节奏上有所变化，或音量有所控制；这是因为乐曲旋律的抽象性，便具有某种不确定性，就如文字的多义性，提供了意义多指向的接受空间。

由于民主德国影片《英俊少年》的推广，古老的爱尔兰民歌《夏天最后的玫瑰》在我国成了家喻户晓的"流行"歌曲。它的原词，是以夏天最后的一朵玫瑰为寄托，对往昔的生活和爱情不胜依恋，一首挽歌或准挽歌，却能够唱得倜傥潇洒，大概也符合"以乐笔写哀"的规律。等唱罢了，余音悄然，才会泛上余味的微苦。这首曲调配上晏几道《鹧鸪天》（"彩袖殷勤捧玉盅"），正唱出这种繁华落尽的冷落，然后更珍惜重逢的温馨：

> 彩袖殷勤捧玉盅，当年拚却醉颜红。
> 舞低杨柳楼心月，歌尽桃花扇底风。
> 从别后，忆相逢，几回魂梦与君同？
> 今宵忍把银釭照，犹恐相逢是梦中。

至善兄津津有味地配歌，出歌本，全无功利之心，不过既以自娱，亦以娱人，如他所说，"希望有机会听到您的歌声，唱的是我配的歌"。我的想法却俗得多，还在初版本问世时，我就琢磨着，如果开个演唱会，海报上不但列出曲目，还大书特书：屈原、曹操、陶潜、李白、杜甫、柳宗元、李商隐等词，亨德尔、莫扎特、贝多芬、舒伯特、威尔迪、格里格、比才等曲，那是何等令人震撼的阵容！

当时我有个小朋友正在北京音乐厅打工，那里承包经营的老板，是个热爱音乐又懂得市场操作的年轻人，没多久就把音乐厅弄得红红火火的,受到听众也受到有识之士称赞。我曾想借助于他们办这件好事,但还没等我找那个小朋友,中央乐团一换届,就在合同未满期时,断然收回了音乐厅。我不是从事音乐的人,在有限的朋友中,原来还想找像姜嘉锵这样的歌唱家,一商演唱的事,知道他肯定会支持,但转眼幻灭,我也无心去"串连"了。

我还是不死心。因为想到自己小学时就在音乐课上和课外受到包括李叔同、李抱尘、汤鹤逸这些先生编配的诗词名曲的熏陶,受用不浅,在我前面有至善兄他们那一代,还有介乎我和至善之间的例如于浩成兄那一代,无不如此。老于去参加了童年母校师大附小为恩师陶淑范举办的敬老活动,会上大家放声唱的是半个多世纪前唱熟了的抒情歌曲!

在这里,我向中小学校特别是语文和音乐老师建议,可能的话,不妨从叶至善先生编配的曲集里找一些合适的,试着推广一下,既帮助孩子们体会古诗词的内涵,提升音乐审美的格调,同时也丰富了校园文化活动。于是我眼前跳出了一连串的曲目:

李白的《关山月》,配意大利科特劳的《桑塔·露琪亚》。小时候唱这支歌,咬字是"桑达露西亚",似为西班牙地名,以为是那里的民歌,那时配词为"你来看,你来看,浮云多灿烂……"现在唱李白的"明月出天山,苍茫云海间",一样的辽阔无垠,一样的莽苍苍,犹如歌唱在西班牙的腹地或意大利的海滨。

五十年代唱俄罗斯民歌"草原大无边……",是赶脚的马车夫临终唱给远方爱人的;现在拿来唱李白的《春草》,"燕草抽碧丝,秦桑低绿枝,当君怀归日,是妾断肠时",仿佛出自同样的机杼。唱了李白代闺中人寄远,明白了俄罗斯那首《草原》也不过是假托车夫将死,来打动人罢了。你问,这样的歌小学生唱合适吗?我想,半世纪前的孩子们能唱《草原》,能唱《兰花花》,道理不是一样吗?

上世纪三四十年代的小学生,都迎风奔跑着唱过"好大的西北风……一二三四呼呼呼",原是由美国G·F·鲁特作曲的《音乐在空中回荡》,旋律简单流畅,极易上口,现在配上杜甫平生惟一欣喜欲狂脱口放歌的《闻官军收河南河北》,简直就紧跟着诗人下三峡奔洛阳了。

五十年代我们从话剧《保尔·柯察金》中由孙维世配词的"在乌克兰辽阔的原野上……",熟悉了乌克兰民歌《德涅伯河》的曲调,却不熟悉乌克兰大诗人舍甫琴珂的原词。这回以杜甫的名作《登高》来唱,也弥补了这一遗憾。德涅伯河赋予原来词曲的浑厚悲壮,与长江边诗人的沉郁顿挫,浑然而一了。

如嫌这些曲子负载的感情和思想分量太重,想唱点轻快的,可以唱白居易《湖上春行》,用门德尔松《听,天使在歌唱》的曲子:"孤山寺北贾亭西,水面初平云脚低……乱花渐欲迷人眼,浅草才能没马蹄……"可以用我国云南民歌《小河淌水》的曲调唱刘禹锡的《竹枝词》:"杨柳青青江水平,闻郎江上唱歌声。东边日出西边雨,道是无情还有情。"为了配歌,三字尾适当重复,另有一种一唱三叹的韵味。古诗配中国民歌的,还有吴文英《玉楼春·京市舞女》,配上我国维吾尔族民歌《阿拉木汗》,简直就像量身制作似的。想见婆娑伴舞,就不知是在古之西安、汴梁,还是今之乌鲁木齐或北京等地了。

我们小时候就唱过英国T·H·贝利《多年以前》,至善兄说他是吹口琴吹熟的,后来才知道是久别重逢时唱的一首歌。那反复吟唱的"Long long ago，long long ago"（多年以前，多年以前），就像《在遥远的地方》中那"Длего，длего"（在远方，在远方）一样，都是词短情长。现在配上蒋捷的《一剪梅·舟过吴江》："流光容易把人抛，红了樱桃，绿了芭蕉"，以孩子们的口吻唱，那是在一片彩色光景前不识愁滋味的欢歌，若干年后，比如到中年以后老同学聚会时唱它，就会像叶至善以至我这样的人似的，从中得到一缕怀旧的慰藉。

至善兄做这件"古诗词新唱"的配歌，我以为无非是出于怀旧，我几乎收束不住的这篇文字，其实也是由于怀旧，怀念旧时唱过的歌，旧时念过的诗词，旧日时光中的亲人，老师，同学，朋友。是老境必然会有的心情吧。

跟今天的年轻人、中小学生说怀旧，似乎太早，有点文不对题。但怀旧，念旧，总归是人性的一种表现。只要不是"恶性的"，不是排他的，即不是强迫别人跟你一样想，一样做，甚至跟你一块回到从前去……那么，本也没有什么不好。

至善兄去世三年了。我早就想写这篇文字，但不敢率尔动笔。你想，他在增订本出来后，又校出简谱中 53 处差错，亲笔列出勘误表，这不仅是资深编辑的严谨作风，且见出其平生为人的踏实负责。增订本出了十一年，想已销完。今后如再重印，当可一一校正。至善兄还在书边寄语，"您唱过之后，觉得某一首还可以，请把它介绍给喜欢唱歌的朋友；觉得某一首实在配得不像样，请写信告诉我"。我说，"实在配得不像样"的，一首也没有。不过，有少数几首，如圣诞歌曲《宁静的夜》（现通称《平安夜》），似不必再配《尚书大传》里的《卿云歌》，因前者已深入人心，而后者过于冷僻，又在民国初年一度颁为国歌,也有过另外的曲谱了。再如选自捷克德沃夏克《新世界交响乐》的一段黑人风小调,大家从三十年代或更早就熟悉了可能是李抱尘配词的"念故乡,念故乡,故乡真可爱……",也是有华人处就传唱不歇,同样深入人心,似也不必拿来改配曹操的《龟虽寿》了。

　　谨以此文纪念叶至善先生,让他欣慰地听到我们老少几代人在唱他配的歌。

2009 年 6 月

邂逅旧书

小　引

我已经久不买书,也不以逛书店买新书淘旧书为乐了。到了这把年纪,才发现大量买书,说是留到老了慢慢读,整个是自欺之谈。去日苦多,来日苦短,加上视力也不济了,看着架上橱里未曾读过的书,想着套用张爱玲的话,该是"读书要趁早",否则悔之无及。

春节假期,小雨雪时,散步无聊,偶然踅进了旧货市场,走过一片地摊,不经意间,眼睛一亮,有一本《白头山》,早年读过,随手买下来。后来的日子,又从那儿过,几本品相不同的旧诗集也都于无意中得。仿佛在闹市一角遇到了潦倒的朋友,引回斗室话旧。人有人的命运,书也有书的命运。怎样评价这些作品是一回事,就书言书,又是一回事。

这几则短文,本想题作"旧书小识",忽想到有人在报上指正过,说辞书上解释"邂逅",指的是旧友重逢,现在许多人以为任何的遇合都叫邂逅,用滥了也用错了。我小时候,有一阵格外倾心于联绵词,什么"踯躅""绸缪""缱绻""叮咛"以至"邂逅",以为写进抒情小品,感情色彩特别浓郁……如今碰到这些旧书,尽管有的版本不同,内容却与当年无异,尽管不是我失落多年的那一本,仍可算是重逢而非初见,故改题《邂逅旧书》。

《白头山》

手头这本书,从上钤印章看,原是北京市八里庄第二中学图书馆藏书。作者朝鲜赵基天,译者张琳,人民文学出版社1978年3月版,纸面精装,32开,正文页码92,售价0.75元。译者前记中说,这一版是从朝鲜的国家出版社1972年新版朝鲜文本直接翻译的,上世纪五十年代我国出版的是由俄语和日语转译的两种版本。

我想我是在1950年6月朝鲜战争爆发后,至迟在同年10月中国出兵朝鲜后不久,接触到《白头山》的中译,是不是单行本,记不清了。当时我在中央广播电台工作,老播音员齐越有一天持来此诗,说他要组织几位播音员集体朗诵,让我把它做一下广播处理;这意味着不仅要压缩精炼,且还要把译笔梳理得流畅顺口。作为一项政治任务,对我虽属业余,我也乐于从事,很快完成朗诵用的初稿。

齐越又来找我说,梅益同志(当时中央台的总编辑)看过了,说还要改一下。大意谓虽是朝鲜诗人的作品,但是在中国的国家电台对中国听众广播,此其一;其二,诗中写的虽是朝鲜抗日游击战争,但大部分活动还是在中国的国土上,云云。

又改过了,也审定了,录音了,播出了。记得当时《大众诗歌》某期的简讯中还做了报道。

据手头这本诗集译者介绍,《白头山》作者赵基天,生于1913

年。当时朝鲜已于1910年遭到日本帝国主义吞并。赵基天自幼随同全家流亡国外,在苏联度过青年时代,并于1945年"8·15"之后回国——"献身于新生祖国的革命和建设事业,写了许多歌颂祖国、歌颂领袖、歌颂劳动人民的出色诗篇"。《白头山》即是其代表作,出版于1947年,此后不断再版。

《白头山》是叙事诗,所叙为1937年6月4日,金日成亲自率领主力部队突破日本的鸭绿江防线后,发动的著名的"普天堡战斗"。

出版此诗三年后的1950年,从朝鲜战争一开始,赵基天就投身其中,在短短一年多的时间里,写了大量宣传鼓动的诗篇。1951年7月31日,诗人以39岁英年牺牲。

顺便提一句,我在看到新华社关于赵基天牺牲的报道后,曾写了一首《诗人之死》,但未发表。

2010年04月03日

《瓦普察洛夫诗选》

看来,这本《瓦普察洛夫诗选》,跟前述《白头山》一样,都属于"文革"结束后,为了满足读者文学阅读如饥似渴地需要,把"文革"前出版物增订印行的那一批作品。上海文艺出版社1978年1月版,32开本,正文并译后记196页,定价0.45元。

这本诗选过去曾由上海文艺出版社出版,不记得当时译者的署名了。这次译者阵容包括戈宝权、冯春、汤永宽、周煦良、戴骢、吴岩、任溶溶等业内名家。全书共收诗53首,译后记说,除重译了4首,其他译文稍有修改润饰外,又增补了19首。

据我所知,保加利亚诗人尼古拉·瓦普察洛夫(1909—1942)

短暂的一生也只留下几十首诗,代表作应该尽在于此了。不是多产诗人,但他的诗有自传性,留下上世纪二三十年代历史的烙印,特别是诗人在社会底层生活和斗争直到为反抗德国法西斯而被捕牺牲的情感记录。——他在1942年7月23日下午2时写下了8行短诗《就义之歌》,之前不久写下给妻子的《告别》,也只8句:"有时候我会在你睡熟时回来,做一个意料不到的客人。不要把门关上,不要让我留在外边儿的街上。//我会悄悄地进来,轻轻地坐下,在黑暗中对你注目凝视,当我的眼睛看够了的时候,我就亲你,亲你而离去。"(吴岩译)这位永远33岁的无产阶级革命诗人至今为读者所热爱。原属南斯拉夫的马其顿共和国甚至也声称瓦普察洛夫是属于他们的诗人。

瓦普察洛夫的诗风,有些像马雅可夫斯基,而有些短诗又像洛尔伽的谣曲。如《歌一首》:"在毕陵山的上空/呼啸的疾风/摇撼着森林。/我们七个人/出发到远方/去战斗;/于是很快地/我们就看不见毕陵山/和它星光闪耀的夜晚。//在丛林里/我们和野兽睡在一起,/我们也这样/爬过边境。/在草地上/我们似乎看见/我们父老们/被雨水冲洗的血迹。/我们也似乎听见/绿草在诉说/哪里是我们的母亲们/被埋葬的地方。//当我们看见大地绯红的时候,/我们知道,/我们初恋的情人/在那儿安息。//我们七个人/出发去战斗。/晚上回来的/只有三个。"(汤永宽译)

我最初接触瓦普察洛夫,是在1955年,中国译制了保加利亚根据诗人生平拍摄的影片《人之歌》,我应约为《大众电影》杂志写了一篇新片介绍:《你的生命就是一支歌》。

《欧阳修词选译》

作家出版社1958年4月北京第1版,32开,印数19000册。前言、目录和正文共100页,定价0.32元。

此书收今译欧词21个曲牌,共70阕。原词与今译逐行对照,每阕后有注。卷首黄公渚先生写有万余言的长篇前言,是为导读。

作家出版社编辑部具名的出版说明,从古典名著今译的意义说到这一今译有时较之中外两种文字间的翻译尤难。看来是准备逐步推开这方面的出版。在肯定山东大学教授黄公渚《欧阳修词选译》所做的努力后,"希望专家和读者讨论"。

我记得,"响应号召"来"讨论"的,似乎只有姚文元一人。好像是在这本书出版不久的1958年夏,全国高校一片"教育革命"的喧嚣声中,正掀起学生批判老师的"拔白旗"高潮,姚文元在某杂志上撰文,对这本书的出版进行指责。我已因"反党反社会主义"的罪名下放监督劳动,彼时彼地,自顾不暇,对这本由家人购寄的词集既未细看,对姚文元的大作也一掠而过,连是什么刊物都没记住,也不记得他对欧词说了些什么,总之是怪这本书不利于社会主义,不入时流,反正不该出版吧。这样的意见,在当时更没有人去跟他"讨论"了。

姚文元此文,不见收录在他的论文集中。写到这里,我有个想法,就是应该把例如姚文元这样的一代"笔杆子"的大作,汇为全编,编年为序,不但有史料性,可知我国在特定时期的学案始末,而且有学术研究价值,可从中看出当代文风、学风的沿革,折射出对知识界从业人员(包括姚文元本人)实施思想改造的路向和后果。

《欧阳修词选译》没有查禁,也许因为当时姚文元还未掌权?但此书也没重印过,因此,十块钱买来的这本小册子,装帧跟我当年那一本一模一样。不是从图书馆流出,曾是私人所有,封面上蓝色钢笔签名"刘国光",不知是不是著名经济学家刘国光先生。环衬上写有一阕《蝶恋花》,"雪化冰消春也去,恁是蹉跎、岁月难留住"云云,并注有"1958.5.5."当是在此书刚一问世就买来读了。只是不知道怎么在半世纪后来到旧书摊上的。

2010年4月4日

给童蔚的信

——读《嗜梦者的制裁》

童蔚：

你好！

你的书稿《嗜梦者的制裁》，诗百余题，六七千行的篇幅，我用两个工作日读了一遍。那感觉也确如行走在山阴道上，目不暇接，在拥挤的景点中间东张西望，探看打听。有些景点比较明豁，虽也未必是一目了然，而迎面有不同的风景，不同的色彩，不同的情思惹人勾留，让人低回流连。还有些景点，曲径通幽，别有一番情致。但也有些仿佛神秘洞口，走进去光线渐暗，不辨东西，无法深入，只好退出。

因你曾嘱我提些意见，我一路随手写下些零星的有时是重复的印象，是观景手记，也算读后感吧。

你母亲——诗人郑敏长我十几岁，我又比你痴长许多，在文学包括诗歌观念日新月异的今天，我们三人实际成了三代人，其间因成长期的教养，后来的生活、阅读和写作经历各各不同，因此在审美取向上也必然会产生距离。对我这些偶感式的想法，你当有精神准备，望勿以问"春江水暖鸭先知"，谓"鸭知鹅不知耶"的冬烘先生见讥。

我在文本面前，属于经验式阅读。先说说我在众多"景点"中流连较久、印象较深的一些。

如《阿米塔》，我虽有满族血统，但原本不知萨满教中"阿米塔"为何物。你注明了便有思绪和心理线索可循。这首诗跟后面的《就是》都采取了传统的板块式结构，但前者我以为多少有些体悟，而对后者却感到"不知所云"。让我冒昧地用一个音乐上的比喻不知当否，即《阿米塔》是歌曲或标题音乐，而《就是》以"就是"二字贯穿，等于"无题"，是"无标题音乐"。对大多数人来说，能欣赏标题音乐的，不一定能从心里接受无标题音乐。我喜欢听音乐，也还于有模拟鸟叫和水声的《田园》之外，能为《英雄》的气魄心折（虽然辨不出旋律与拿破仑事迹的对应），但归根结底是个乐盲，在只标第几、第几的器乐作品面前，就有不得其门而入之感。在诗的欣赏方面，情况恐怕也有所类似。"……蟋蟀悦耳/只有秋天听清楚/深秋有自己的语言"（《拆》），是吧？

《地铁一号线》以下直到《拆》《和平里》《写作旷野》诸篇，指向清楚，阅读时读者的联想随之。其中，《地图收藏的心境》中——

  因为高大的身影，从未
  带来任何的拯救

《写作旷野》中——

  把那些猎杀征服的故事，
  吊起来
  待到冬天去风干

都是精辟的警句,是深思的结晶,甚至血泪所凝成,远非雕章琢句者率尔可得。

过去传统的诗话,有所谓"有章无句"或"有句无章"的指摘,应该看作是一种求全责备。虽无警策但全诗整体上站得住,或警句突出而通篇有些跟不上,都是常态。

在组诗《"天才婴儿"的伪装》中,用习惯的说法是写婴幼儿,写母与子,写童话和拟童话的题材,作者以女性特有的柔软的心写来,令读者毫不感到阅读障碍。如对婴儿絮语的《在你梦中》,简直近于天籁,直叩心灵。《卡通人》也是这样,使人由会心的微笑转而沉思。

在这组诗里,那一首《我孩子的玩具手枪收藏19粒灵魂》,以及《非洲羚羊》,让我们想起哲学家阿多诺说的,"在奥斯威辛之后写诗是野蛮的",然而这样的诗虽写在奥斯威辛之后,却是不必报颜的。

它如《使者自波兰到来的一天》之写波兰曾经的苦难,《消防演习》写对人间灾难的预感、恐慌和焦虑——

水遗忘了我们而我们敬畏着火

以及像《藏在超市里的谜语》——

抢救或者超越
你回眸时被市场紧紧统辖和扣押的词

以人们易知易解的公共事件为诗的本事,来表达、寄托或隐喻诗人的忧患之感,比较易于赢得更多普通读者的心。

《Sister》中有一句说,"也许是稀有的美,声音,想象力吸引我/假如奇特以及异样地失去平静/我是否会伤心?"我说是的,那些打动像我这样的读者的诗,大概正是诗人"异样地失去了平静"之后写的,当然,这并不排除"稀有的美,声音,想象力吸引"诗人时写的那些作品,以及富于知性而不是感情倾诉的篇章。

但我总以为诗还该是以抒情为主的。我这样说,起作用的是传统的诗歌理念了。我从年幼时就崇拜的白居易,用最简单的八个字概括他的诗观,即他在《与元九书》中揭橥的"根情,苗言,形声,实义"。记得是二十世纪八十年代末的秋冬,在中国社科院一次有关诗歌的什么会后,临别时王佐良先生对我说:他最近重读了一些浪漫派的作品,发现还是比现代派的更动人(大意如此,相信记忆没有走样)。这是我最后一次见到佐良先生,我记住了他这句遗言。

一般地说,最原始意义上的抒情诗,多是带有自传性的,如写给亲人,朋友,或所谓爱情诗,以及对某一段过去的日子如童年的挽歌,等等。

这样的诗,在诗歌史上,往往以比较直接的形式出现。用传统的话说,虽也会借助于比兴,但白描式的直陈不会使情感减色。你有的诗标出出生地清华园和"童年记忆"(《花园》)字样,标出《父亲》或没标出父亲字样的《绣花枕头》等诗,都有这样的真情的自然流露。后者引父亲的话——

> 好的事情,是明月,它会如期到来
> 不惧癫狂和朽败

这话给你在生活中保持平静和安详的信心,我相信确实出自你的学者父亲童诗白教授之口。

围绕爱情、疑似爱情和疑与这方面感情生活有关的诗,分散在书中各辑,数量不小。《晨读》中一个小小的奇思异想,完全是现在媒体上呼之不得的"清纯"一例:

> 我想稳稳地
> 落入你梦想的中心
> 也许我就是那个圆规　回报你的睿智
> 不用双臂而是脚尖微笑着画出一个
> 圆满的结局代表我也想牢牢地
> 圈住你的心

这样的明喻,还从来没人写过,不带谐谑的性质,而是使人想到芭蕾的优美舞步,则只能源自天真＋纯情＋美的想象——是刚刚萌动的爱和刚刚觉醒的自恋。

《我根本就不记得》,实际是"无题",但这里的"无标题",却直通读者的心,因为每一句都从肺腑发出,不借助于任何辞藻的修饰。普希金有许多打动人的赠女友的诗,就是这样的,足以跨越近二百年的时空而不衰。

《极地》《剧情》《地图上的柏拉图》诸篇,在爱情题材上当然表现得更多曲笔,后者,书中惟一一首叶韵的诗,像其他不少读者不明其本事的本事诗一样,很难逐句索解,只知道它后面有一段以新疆赛里木湖为背景的故事罢了。《倘如爱是重创》,有明显醒目的标题,且堆满了具象可视的比喻,却还是让人一头雾水。

还有一些篇章,似含怨怼,其中都隐现着感情的起伏和波折,有些涉及私密性的细节,使读者在阅读时难免觉得"隔"着一层。

在诗歌写作中,故意造成晦涩的,无非缘于政治和两性。前者是防备外部的窥测,后者则是出于感情的需要。

一个人的感情到了非吐露不可的时候,当然有时会自言自语,但更多的是诉诸他人,期望知音与共鸣,这样的表达是有确定的指向的。中国古代,诗人没有公开出版物可供面向公众的话语平台,只能靠传书递简,寻找倾听和反馈的对象,所以你看古代诗集中尽多的是赠答之作。我想其中必然也有一些是惟有有关的人能看懂的内容和代符(不只是像情歌中以"莲"代"怜"、以"藕"代"偶"这样初级的"谐隐"),但可能都已被时间淘汰。我们今天看到的,古诗人写给特定对象的诗(我们就好像私拆他人信件似的),像李商隐《夜雨寄北》:"君问归期未有期,巴山夜雨涨秋池,何当共剪西窗烛,却话巴山夜雨时",一点也不晦涩。晦涩的倒是他那些"无题"诗,一千多年,只恨无人作郑笺,有人解释与政治有关,有人解释与爱情有关,果然如此。

至于无关政治与爱情,而令读者感到晦涩的,却是另外的问题了。

你的诗中有大量写"感觉"的,写一个有过程的,比较完整的感觉,或写一个片断的,没有逻辑联系的感觉。近八十年前,何其芳也就有写仅仅是一种感觉的诗,但多属于前者,有一个自足的框架,且赋予一定的感情色彩。他著名的《预言》,对所谓预言虽无确指,但上下文的铺垫和延伸给了我们以暗示。你的《分享》结尾,

"为了一句预言",戛然而止,究竟预言是什么内容和指向,仿佛诗人心中的秘密,只有自己知道,猜不出,看不懂,便无法与你"分享"了。

那位美国女诗人狄金森,是她吧,一辈子把写的诗存放在抽屉里,不与人同,不求人知,客观上形成自言自语。但我想,作为社会的人,绝大多数写诗的人,排除了利禄之徒,也都不会拒绝倾听和倾诉,在信息时代,更不会像狄金森那样把自己封闭在与世隔绝的孤高之中。因此,写诗,可以有少量写给"小众"的,但无疑最好还是尽可能让有缘的读者尽少阻隔地接受你的诗传递的信息。不要轻易地"谢绝一颗心"(《分享》),更不要轻易地"谢绝"许多颗心——读者和潜在的读者。

感觉,有的通向理性,通向思考,有的通向想象,通向联想,有的通向错觉,通向幻觉,又都各有不同的深度,不同的层次。

像你的《在雨中行走》,那雨中的或急切或舒缓的节奏,使人读来如亲历其境;《最初》写茫然的感觉,贴切逼真,读后真的一片茫然;《望水》写落寞的感觉,读者也跟着落寞了;《滑雪场》《灵魂乘坐这架电梯》《一张照片》《失眠夜》都写下最朴素的、原生态的感觉,《核桃树》则把对外物的感觉稍稍引向深入。

《不会下雪的地方》,也还是以下雪为中心写一种感觉,从而是一种情绪,一种感情,一种情境以至多种情境。

《门入壁中》,经由作者点明是写被陷害的女学者王明贞教授,就能更深切地体会诗中写出的那种在黑暗囚室捕捉一线光明的感觉,有如电影镜头利用光暗对比,反衬了被囚者的心情,只能反复阅读,才能曲尽其感觉入微和意匠惨淡之处。在反暴政反恶政的诗中，这还是从来未经人道的。不知是源于王明贞老人的讲述，还是诗人自己的想象或联想，堪称杰出的一笔。

《吟唱的视觉》，这不是仅仅写一个拍照者的视觉，而是记录或刻画一个大背景上的通感。

《击鼓》甚至呼唤我们想象中的听觉——

> 如果闷着，继续沉闷
> 你活着也不见得
> 比一对鼓槌幸福

我们在沉闷中甚至听到——

> "唉，这世上安排了许多低廉的思想需要你修理！"
> 这是鼓槌对鼓的叮嘱

而《神秘主义》诉诸我们的信和疑——

> 雷鸣电闪时亦有
> 相当多的真理熄灭在发光的事物里

这是像雷鸣和电闪一样令人惊愕的认知，只是从诗里找不到推导出这一警策的逻辑过程，终究只是感觉而已，所以无须忙于启动对离经叛道的追查。

与这类涉及"未解之谜"的形而上的感觉不同，还有颇为世俗化的感觉,如《城市 & 衣柜》,这已是极其成熟的感觉,因为它已濒临以至涉足连贯的思维。《你不能错看的一种》是对模特儿效应的感觉,它是对某种社会现象的感觉,也可以说是带有社会性的感觉,完全不同于纯私人性的感觉,这种感觉,在必要时就得经受社会的检验了。《博客》也是这样,它更多走了一步,由感觉走向谐谑,成了后现代的谐谑。

不过,此书中写的感觉,更多是私人性的,如《地下室的月光》,与其说是实写感觉,不如索性说是一种幻觉。

幻觉与想象相邻。然而想象是有边界的,如《星星姐妹》——

　　田野上星空是星星的产床

就像"七月派"诗人杜谷诗中说天上的繁星是上帝的盛宴一样,这是诗。但如越过这个边界,也许就会堕为不着边际的胡思乱想,比书中标出的"怪感觉"更怪,让人无法接受。

在《一言中,道存何处》写道——

　　你永远不会明白
　　我凝视天空时的感觉

但愿这不是作者的宣言,那我们就失去了这样一个真诚的、善感的诗人。

然而的确有相当多的(即使不说太多的)篇章,由于充斥着"今典",使读者不"明白"乃至"永远不会明白",虽然使读者"明白"并不是诗质的最高标准,明白不明白,从接受美学看来也还不仅是作者单方面的事情。但诗歌如果需要诗人自己来做注解,岂不是说文本有所不足?

所谓"今典",有别于一般的典故。古人诗文中的用典,是利用生活和典籍中人们熟悉的故实或语言,言简意赅地唤起对象连类而及的更多联想,巧妙的用典能调动接受者与作者双向互动;而用人们陌生的僻典,或在流行范围上有很大局限的"今典",则不能达到预期的效果。你若把别人根本不了解的私人之间,或一己的言行甚至内心动态写进作品,又不给人以开启的钥匙,那就如同过去文人多用"今典",费人猜详,却无从索解了。

当然,在诗中也不妨写"意识流",如《护身符》一诗,想来就是这样的一些无逻辑的内心活动,人们自也不妨以平常心去倾听。

如果作者只想记录并告诉人们一种感觉,一脉意识流,那也就罢了;如果作者的文字后隐藏着意义,而读者只能读出表层的感觉,那是作者的失败,还是读者的失败?抑或双方两败俱伤了?《声音&戒指》就有这样的问题。

陌生化也有它的边界,一经越过,就由"化熟为生"的陌生——新鲜感,变成生涩感,令人格格不入了。这当然首先表现在诗的内蕴上,但如有生造的词语也会拒人于千里之外,如:"屈骨(屈原之骨?)""目瞵""泪卵""眼底里"之类。还有大量无主语句,是会造成语义含糊的。

这里,我想重提一句老生常谈,就是"深入浅出"。比起"浅入浅出""浅入深出""深入深出",那么,"深入浅出"乃是诗与文的最佳境界。谐隐,暗喻,只能拐一道弯,若拐上两三道弯,诗人自己也步入迷途了。《迂曲》一首，从人与鱼的关系入手，要说的太多也太复杂，不是一首诗所堪负载的，以至"肺活量的教堂在里面管风琴演奏片片淤积的哀歌"，我只感到这是比喻一个人哮喘病发作，至于诗呢，一片混沌。《要知道》《于是我选择》《母岩》都属之。《快乐中的暗物质》之难解，也许跟前面一首写给理论物理学者的诗一样，是触及我们完全陌生的领域。而《海水一样地写作》，每一句都能看明白，但整体上却也是一片迷茫。另一首也就海水下笔的《我在海水这一边》，就不是不解的问题，而是有许多令人恶心的形象，使人不忍卒读。

还有另外一部分诗，并不难解，甚至明白如话，我称之为随笔诗或杂感诗，有的立意也很好，如《挖煤人》，追问"我们拿什么陪葬一车煤"，是对矿难的回应，但可能由于写得仓促，酝酿不足，像是没有切肤之痛的"零度写作"。《要知道》一诗，虽有私人事件和隐语，而依稀可解；但通篇粗糙，像半成品，难道是为表现抒情主人公的"急不择言"？《第一次》也是明白而潦草，还有一些，不一一列举。

《夏天，一场瘟疫忽然袭来》，拟绕口令，似属游戏文字。而《门神》则涉笔成趣，语近诙谐，却不能说没有深刻之处。

拉杂写到这里，这封信已经够长，好像一篇流水账。我没有成体系的东西，但我的零碎观点，尽在其中矣。久未如此认真地读诗，谢谢你给我这一次做功课的机会。顺祝

笔健

邵燕祥

2010年10月5日

屠岸旧体诗作漫评

所以题为漫评,因为我无力做系统研究,只是读屠岸先生旧体诗的一些感想,类似评点,却也并无警策;或许还不免"六经注我",藉以说说我对写诗的零星想法。

在五四新文化运动以后,写新诗而兼写旧体诗或后来主要写旧体诗的作者中,出生于十九世纪末至二十世纪初的甚多,如二周(鲁迅、周作人早年都有白话诗问世)、俞平伯、沈尹默、朱自清,稍后的聂绀弩、王辛笛,这只是诗艺突出的几家,至郭沫若的泛而滥之,何其芳的偶一为之,可置不论。

而出生于上世纪二十年代十年中的诗人,由写新诗名世,而后写旧体诗亦为人所知的,首推刘征、程光锐,还有主要成就在新诗和诗歌翻译,旧体诗乃其余事的屠岸,主要成就在散文随笔和副刊编辑,也有旧体诗为人抄传的袁鹰。比起前一辈的诗人来,人数就少得多了。

当然,"20后"中也有不少出色的写旧体诗的诗人,如李汝伦、朱帆、胡遐之,但他们都不写新诗,如同他们之前也有许多专门写诗词曲而卓然成家的作者一样,这里不加论列。

值得深思的是,像李汝伦,不但旧体诗沉郁顿挫,卓然成家,而且对很多社会政治历史的重大议题(如关于历代"农民革命"的评价,三峡工程的利弊等)均有极其深刻中肯的论断,但对新诗,则不但不写,且未免执于一偏,持完全否定态度。李兄的这一观点还是有相当代表性的。

五四运动提倡白话文的同时提倡白话诗即我们所谓新诗,因为张"革命"之大旗,几置传统的诗体于死地。当时奄有丰厚学养的老一代诗人,包括当时尚健在的同光体代表人物陈三立,以至并非泥古的学者兼诗人王国维等,也都被划到应予排斥的遗老之列。即在新文化革命阵营中人,包括陈独秀、李大钊,旧体诗是他们驾轻就熟的体裁,也只用于私人往来中赠答而已。

因此,在长时期中,写旧体诗的不论朝野中人,对新诗的一统天下抱有逆反心理,是完全可以理解的。是合理的——即合乎逻辑的。另外有些不学之徒,军阀党棍(如臧克家在余心清处所遇客人),当面讥诮新诗人为写"大狗叫,小狗跳",其实他们于古典诗也是一窍不通,只能欣赏"上头细来下头粗"的烟囱诗罢了。

而写新诗的诗人们,往往对当时的旧体诗坛视若无睹,甚至由审美扩大到政治,目为落后以至反动,至少是无聊怀旧的文字游戏,不屑一顾。在一片"革命"气氛中,若有既写新诗同时又不弃旧体的作者,就有被新诗诗友当作"叛徒"的危险。

在长时间形成的新诗与旧体诗对立——延伸到两方诗人互相颉颃、互不相能的格局下,兼写旧体诗的新诗人,还真的要有一点艺术勇气。因为他们必须冒着诗友们的误解,这种误解有时还因"旧体诗"派在旁"添油加醋"而升级。比如常被后者引用的,闻一多"勒马回缰写旧诗"一句,在有些人那里,似乎意味着新诗的有代表性的诗人"悬崖勒马"悔过自新向"旧体诗"派投降的宣言,这是何等的荒诞,对闻先生本人又是何等的曲解和亵渎!

屠岸先生没有读过私塾,但他从幼时就得到母亲的"诗教",而对于写诗来说,除了形象感知和联想、想象能力的天赋成分外,"童子功"即童年少年时的熏陶和训练十分重要。尽管他的母亲在暮年曾指出他的诗"功力不够",那是因为他致力的方向在别处,而时代氛围更不允许他从容地着力于旧体诗的缘故。

我们读他写于1938年秋、十四岁时的处女作《客愁》,在逃难途中回忆暂栖湖北新堤时的情景("颈联二句为母亲所改"):

落叶满沙坡,长空铁鸟过。天边雁影断,江上客愁多。秋老悲红树,乡心感棹歌。蒙蒙迷雾漫,桅影撼深波。

在这里,我们已可看到少年诗人后来在新诗创作中同样具有的"把个人的命运与祖国的命运联系起来"的特点。这是民族苦难和时代际会使然,也是中国两千年诗歌传统的一脉相传。

1946年6月,诗人已参加中共领导的革命活动,地下党联系人告诉他,"将以五年时间打败国民党反动派",而此时他却患了肺结核症,他写下《病中偶得》:

身缠恶疾何时愈?欲以微躯献国人。不怕砍头好滋味,誓歼希墨众徒孙。五年须立千秋业,七尺应图万众欣。若道无能理不许,非无革命好精神。

我们不是从这里仿佛看到了鲁迅"我以我血荐轩辕"的影响吗,尽管在诗艺上确如陈迩冬先生说的还有些"生",但我们怎么能以此责之于一个决心以身许国的书生呢?

果然,在整个内战时期和政治运动频繁的五十年代至六十年代,屠岸的旧体诗写作留下很长一段空白。间或突破这一空白的,则是由于忆念亲情或某种悲情难抑的迸发,而与当时主流意识形态绝对是相扞格的,如1963年8月写于北戴河的二首:

闪电划长空,万树摇风。惊雷急雨猛相攻;放目秦皇灯火远,夜雾重重。

忆昔赴关东,父侧随从。浪花扑面偎慈容。忽忽人天长隔绝,泪眼迷蒙。

——《浪淘沙·闪电》

苍波三面至,落日惊涛中。瘦石从天降,孤亭拔地空。疏星摇碧落,万木啸金风。吾意悲难抑,乾坤意亦同。

——《海悼》

尤其是后一首,本事隐去,如果落在批判家手里,如何"上纲上线",很难逆料。只能是锁在抽屉里的"地下诗歌",属于"潜写作"。我没有严格的统计数据,但就我所看到的,上世纪五十至七十年代地下诗歌的潜写作中,旧体诗作品要多于新诗。从诗体看,旧体诗因习用比兴种种手段,而"诗无达诂",往往具有某种多义性和不确定性,不像新诗那样主题显豁,一眼看透。那时地下诗歌中的新诗,后来之被指为"朦胧",部分原因亦在此。从作者方面看,新诗的作者,大部分比较年轻,当时许多人随着革命潮流的大溜去了,从事潜写作的是少数中的少数,而旧体诗作者,大半在中年以上,阅历较多,也较冷静,因而有些不入时流的感想诉诸笔下。只是到了像 1976 年清明节的"四五"运动中,大量年轻人参与,并且以仿旧体诗作为抗议的武器,那却是因为大量从不写诗的新手,写新诗一时无所适从,倒不如利用"疑似"旧体诗格律的框架更为方便了。

"文革"十年是极端严酷又极端荒唐的年代。一向谨慎的诗人屠岸,在经历了可以想见的曲折心路历程后,也写起以调侃为基调的诗词作品来。诗人并不是玩世之人,但他似乎也认为只有摆出玩世的态度,才能赢得个人精神上的平衡。如他先后在 1970 年夏的文化部宝坻干校所写词二阕和 1971 年春在团泊洼干校写的词一阕(前二阕忆 1966 年"文革"初起入"牛棚",后一阕已是忆 1967 年应付批斗):

> 三生有幸,毕竟棚门进。恶鬼瘟神全得信,硬着头皮听训。　　抬头阵阵春风,低头懒得装疯。惊叹癫狂世界,呜呼救救孩童!
>
> ——《清平乐·有幸》

> 眉头莫皱,不过名声臭。入得牛棚菩萨佑,谁道豚肥人瘦?　　看君三气(指怨气、晦气、泄气)横秋,怎生绝路回头?宇宙恒为变革,人间日月星球……
>
> ——《清平乐·皱眉》

帘外雨潇潇，闷气难消。今朝检讨未曾交，惹得头头捶桌子——不想求饶。　　梦里见天高，大地妖娆。醒来依旧在笼牢，只待明晨"喷气式"——当代风骚。

——《浪淘沙·随笔》

从这三阕词看，我们温文尔雅的诗人，也已历练成"死猪不怕开水烫"的"老运动员"，正是鲁迅曾经引用（但不明出处）的西哲之言：暴君的专制使人们变成冷嘲。细绎冷嘲之中贯通的并非痞气，而依然是一股凛然正气。

"文革"后期的斗争，地火运行，至"四五"运动时终于爆发。屠岸在济南火车站附近目睹了对一名悼念周恩来的少女残酷批斗的场面，即时在 1976 年 4 月 27 日写出五言古风《罪人行》初稿（1978 年改定于北京），像杜甫的"三吏""三别"，通篇白描，不事雕饰，而纪事如绘，真情自见，既有对恶政的控诉，也有自审的愧疚，这一点又与白居易《秦中吟》《新乐府》的精神相邻：

乘车到济南，车缓迫长桥。但见人群拥，少长集市郊。我问为何事，答曰斗凶枭。罪人一少女，稚气尚未消。纳新方数月，竟自犯律条。深夜不成寐，五内起狂飙。文成讨奸檄，怒斥张江姚。痛悼周总理，八亿血泪抛。惜哉邓小平，挽澜岂徒劳？油印成传单，泉城雪片飘。阳春四月雪，化为烈火燎。省会惊地震，头子尽咆哮。警兵齐出动，罪犯入笼牢。现行反革命，竟乃一垂髫。下令分区斗，人民心若焦。污言拌飞沫，力竭声嘶嚎。不愧铮铮骨,昂首不弯腰。听者皆垂首,心与彼相招。我闻此消息,肝肺如焚烧。义举诚堪颂,恶运实难逃。愧我过半百,勇气逊尔曹。总理溘然逝,重任孰与挑?主席年已迈,规律何从超?痛哉天安门,忍见舞山魈。思入死胡同,车已别长桥。

在1976年的政治气候下,追悼周恩来已经触犯大忌,而本来出于作者忧国忧党之心,为毛泽东身后担忧,但"主席年已迈,规律何从超"这样的大实话,倘落在"公安六条"执行者手里,就会被歪曲为以死亡诅咒伟大领袖,坐实"恶毒攻击"的罪名,这是凡过来人都有体会的。

中国元典中"物极必反"的古老哲理,1976年又一次在大地上显现。随后,屠岸的生活和工作开一新纪,他的诗歌包括旧体诗写作,也随着人事的变迁,摆脱多年的枷锁,如当时人们玩笑间说的,逐渐从"下笔如有绳"进而为"下笔如有神"了。

我们今天读杜诗,千年以下,还会为"剑外忽传收蓟北,惊闻涕泪满衣裳。却看妻子愁何在,漫卷诗书喜欲狂"所感染,1976年秋冬这首诗重新传诵一时,这就是古典诗歌将个人情感史与社会治乱史交融的"诗史传统"在起作用。

从这个角度来看屠岸的某些诗歌,其中昂扬之情是当时知识分子共同的时代情绪,如1977年10月《重逢有赠》中引吭"长歌春暖驱秋肃,莫叹青丝变白头",《秋风》具象地写出了新的甘苦和新的自励,读来异常亲切:

秋风飒飒动窗轩,案牍驰驱又一年。信债未还心不定,书迷获解睡方安。纷纭岁月忙中过,大块文章写亦难。万马齐喑昨日事,老兵还得日加餐。

1978年《逐日篇》中"少壮已逝老将至,斜阳犹未近黄昏。上帝余我尚几时？……揽辔电掣迫崦嵫",1979年写赠曾为下乡知青的长女一诗,应该是在祝贺新婚,却说"花烛休忘居不易,素毫应写意难平",深化了1976年开始的欢呼雀跃的主题。

与此同时,诗人以咏物诗的形式,寄托了他的爱憎,如书中"杂花生树"一辑中1978年秋写于厦门、泉州间的几首：

树老须眉皆白,巨干盘根错节。占地分毫不让,一怒青筋爆裂。问问因何着恼,答曰：不惯此间凉热!

——《榕树》

无言脉脉开双叶,指触含羞双叶合。世间无耻一何多,人不如花徒叹息。

——《含羞草》

万剑怒朝天,寒光劈两间。青锋喷辐射,白刃返盘旋。捉鬼凭牵缚,除妖赖利坚。绿风知疾恶,叶齿啮群奸。

——《剑麻》

这一时期,诗人因工作关系,到了许多地方,乘便游历了一些名胜古迹,也多有吟咏,当时陈迩冬先生就曾赞许过他的《登悬空寺》,我想是认为他作为一位擅写新诗的作者,在这里写旧体的诗艺已臻工稳的缘故吧。

从1978年起,诗人扩大了自己的题材范围,特别像《星眼》二首写个人旧情,是突破禁区之举。本来,中国从"三百篇"始,除了试帖诗外,并不避忌爱情,但在上世纪五十年代至七十年代,文学整体上"禁欲"起来,不但爱情,而且连友谊也好像同"资产阶级人性论"勾连到一起(在文学领域避忌"友谊",也许还有反对"自由主义",反对"小集团倾向"的后遗症),都在取缔之列。在新诗中,林子写的《给他》,舒婷写的《致橡树》,就都是在1979年后才得以正式发表的。屠岸写于1978年6月的这两首七绝,葆有着草上朝露般的清新,也许多少得力于研究并翻译莎士比亚十四行诗的借鉴吧:

  三十年前野草丛,流星一笑别秋风。灯前又见深情目,不觉泪光坠夜空。

  依稀篱畔别流星,卅载秋风魂梦萦。永忆临歧一莞尔,夜空遥对泪清滢。

由于"唯成份论"的影响,以至对"今不如昔"论的批判,出身非工农家庭的人为了避免"怀旧"之嫌(甚至是留恋"失去了的天堂"之嫌),出身无问题的人也怕戴"向后看"的帽子,于是,中外文学遗产中大量对童年、对故乡的忆念,不复见于上述的特定时期。这也成了禁区,真是禁区何其多!了解这个背景,再看屠岸1982年重返睽隔多年的故乡时写的一些七绝,那如同信口而来的白话句子,"一别家园四十秋,归心日夜忆常州""童年每忆踏青时,最爱东坡洗砚池",并无任何陌生感,却还照样打动我们。他在返乡期间写的这首《梦》:

月色迷茫杨柳梢,声声糖粥卖元宵。醒来浑忘今何夕,魂魄长留觅渡桥。

尽管我们不知是在夜静更深听到了卖元宵的吆喝,还是往日的市声依稀只在梦中重现,但我们说,这样的感受几乎是人人心中所有的。

写人们心中所有、笔下所无,是写旧体诗的人都在追求的。但人间七情,古今同概,只能要求每首诗从诗人心中流出,各有视角,自成意境。小至旧日城镇的宵夜如此,大至帝王将相、兴亡存废,多少人曾形诸歌咏,但像屠岸1983年写于承德的《蛤蟆石》,仍给人带来耳目一新的审美感受:

天际长蹲蛤蟆山,双睛不眨瞰尘寰。帝王百代兴亡事,尽在痴虫一笑间。

不是在喜马拉雅山或奥林匹斯山,仅仅在名不见经传的小小蛤蟆山前,历朝历代一个个不可一世的帝王,显得多么渺小而短暂啊!

屠岸先生在《萱荫阁诗抄》中说过,"这些诗词里,有我的喜悦、悲哀、愤怒、欢乐,有我的怀念和期望,摒弃和珍视,挽歌和颂歌,有伟大时代的洪流在我的胸膛里激起的浪花,也有伟大时代里个人的悲欢在心灵的琴弦上弹出的乐曲",这些话可以同样用来概括他新诗的内容。

然而,具体地对照他的新诗和旧体诗,不但体裁形式不同,而且在题材的选择、意象的形成以至技巧层面,有相同也有不同,甚至是很大的不同。这正表明在诗的思维方式、审美取向等方面,不可讳言,新诗和旧体诗分属不同的体系。诗人不因出入于两者之间,就把新诗向旧体靠,或把旧体往新诗一边拉,搞"拉郎配"式的所谓"结合"。正是因为他熟悉两者的同与不同,并且有鉴于西洋诗歌特别是英诗从莎士比亚到现当代的发展,他不可能认同那种套话式的诗歌主张。他的创作实践证明了这一点,这是十分明智的,也是对整个诗歌的传承、创新和发展持一种严肃的态度。

2010 年 10 月 26 日写定

牛汉：当代诗人第一

我今天没有做发言的准备，就是来祝贺牛汉，一个是出版了五卷诗文集，一个是八十八岁大寿。

接到这个会议通知，想起很多事情，在我走向社会、走向人生的路上，牛汉起了一个很重要的作用：桥梁作用。1949年5月，我正在河北正定华北大学一部（短期的政治训练班）学习，准备南下。当时的北平新华广播电台编辑部原是新华社的口头广播部，刚分出来不久，人力不足，需要补充一些年轻学生，于是他们就到华北大学调档、找人。当时牛汉就在华大，在成仿吾的领导下工作。他提供了若干档案。中央台（柳荫同志）从中选了七个人（应是经过牛汉负责"政审"的吧），到正定找我们个别谈话、"面试"，通过以后我就没有南下，而是回了北平。1949年6月1号到广播电台报到，10月1号改称中央人民广播电台。我在那里一直干到1958年成为"右派"，然后摘帽子回来，1978年离开广播电台，三十年！我中青年长期跟广播电台发生关系，就源于牛汉经手提供的档案中有我，我也不知道是好事是坏事？如果他没有提档，我就跟着大家南下了，经鸡公山下武汉，去广州，我们那批人加入了"四野"。有个同学还在打海南岛的时候牺牲了。健在的同学们后来星散各地。

参军以后的知识青年,说得不好听点,是既需要又戒备,稍有风吹草动,就清查清理。我有一个很好的同学,就是翻译家魏荒弩教授的亲弟弟魏绍嵘,先在广州部队,还搞文字工作,本来还写诗,又写小说,最后在"文革"当中被斗,自杀了。魏荒弩家里连他的照片都没有,最后还是在我们一群同学的照片里找到他的留影!

这说的是我和我的同学。今天是要说牛汉。当时调档的事我不知道,后来才听说的。我最早知道牛汉恐怕是1951年,五十年代出版社的"现实诗丛",有徐放、贺敬之他们,也有你(指牛汉)的一本吧。印象更深的是,当时《人民日报》的文艺副刊——《人民文艺》发了一首诗,是牛汉的《窗口》,写得有力度。这大概是牛汉1949年以后"跋涉"的最初成果之一。

我跟牛汉的相识,是在1955年的春天,就是你们被捕的前夕。在东总布胡同作协诗歌组开会,开会的间隙,坐在沙发上牛汉跟我打招呼,我没想到那一招呼以后再互相招呼,就到了七十年代末了。我记得当时刚看到牛汉一首诗,是在《人民文学》上发的,叫《歌唱我们的西郊》,在他的诗里不算最好的,不过我当时就住在西郊,读来亲切。广播电台宿舍就在西郊,我不知道你已经搬到西郊离我们不远的铁道部宿舍了。那个时候他还是满怀热情的歌颂我们的新中国,包括新北京、新西郊、新房子,这些年来,每逢我走过路边盖房子的工地,我总会想,牛汉大概不会再写诗歌唱我们的东郊、东二环、东三环了。

牛汉给我们贡献了一个诗世界,叫作"跋涉与梦游",我记得刘再复的话,用他的话说,跋涉的是外宇宙,梦游的是内宇宙。牛汉的跋涉从鄂尔多斯、中原大地、上海、监狱、战场,然后以五十年代中期胡风事件、六十年代"文革"作为区隔,到七十年代,进入干校以后,基本上都是以梦游为诗了,天上、地下、梦里、梦外,都留下牛汉的脚印,前两卷诗就是他的脚印,这些诗确实也可以借用绿原集子的名字:人之歌。不管是前期的还是后期的作品,都体现了牛汉的人格,这里呢,我觉得第二卷830页《无题》就很有意思,他站在中国南海边,头顶长天,面朝大海,身后是高山,"我并不觉得自己渺小,我是一个人",这就是道人所未道。我看很多人写大海,写相比之下自己的渺小;牛汉不说这个小话,我记得有一次,有一个写诗以"大我"来标榜的人,他跟牛汉很熟,他不满牛汉批评他假大空,借着开玩笑,说牛汉"自高自大",牛汉,你怎么回答的呢,"我就是自高自大,我1米9!"我觉得在我们这个诗人群体里,包括"五四"以来的诗人,"80后","90后",我不知道还有几位诗人是1米9以上,像牛汉这样的。当然,这一半年,牛汉稍显老态,坐在那儿打打瞌睡,但是他真是我们中国诗人的杰出代表,从身高也代表了,男子汉的,阳刚的,硬骨头的,这样的诗人,当代诗人第一!"此刻,在我心中有一首诗如热血沸腾""是大诗如大海,是长诗如长天,是纵拔的诗如高山,是飞翔的诗如歌唱的海鸥",我觉得他的诗像他"自高自大"的宣扬,是当之无愧的。

我要踏着牛汉的大脚印走,跟着你跋涉,"苦苦跋涉",我希望跟着你的路能够逐渐平坦一点(但很难说跟着你梦游),我们希望能像你那样,用理性、用热情、用幻想、用梦想写出我们的诗来。

今天早上我十点出发,从郊区密云过来,一路上,冬景萧瑟,草木凋零,虽是上午也没有薄弱的阳光。我觉得这个世界特别像艾青的《在北方》,也像牛汉早期的《鄂尔多斯》那样寒凝大地。但是我从牛汉的诗里能感到温暖。北方大地给牛汉提供的背景用一个什么词来形容呢,就是莽苍苍,这的确是江南风光所不能替代的,这样的"莽苍苍",到后期的《梦游》诗句里就色彩丰富了,而且应当说后期的诗更凝练更纯粹,写得既苍茫又温暖,总之,牛汉的诗里有苍茫,有疼痛,有温暖,有梦想,有信念,特别是他的信念也包括很强很强的自信,我这样一个缺乏自信的人希望可以从你那儿借点光借点火。我就说到这儿吧。

〔附记〕这是 2010 年 11 月 29 日在《牛汉文集》首发座谈会上的发言,据录音记录稿,有个别字句的删改。第三人称杂以第二人称,是即兴讲话时,有时转而面向牛汉的缘故。

一位吹芦笛的民间歌手

我说的这位民间歌手,名叫杨卡·库巴拉。

在我读到他的歌诗集的时候,他在我眼中已是高龄,该在五十岁以上吧。

时为 1948 年,这本《芦笛集》的中译者署名朱笴,即孙玮,上海某出版社出版。

那时我们这些思想"左倾"也就是倾向于共产党的青年学生,都迷恋苏俄文学。我又是诗歌爱好者,当时译成中文的苏联诗集不多,这本《芦笛集》的作者是苏联白俄罗斯的民间歌手,入眼我就借来。在当时的我看来,这些诗歌洋溢着浓郁的生活气息、民族色彩,有很强的艺术感染力。——是不是实际上"政治标准第一"的评价标准起了作用,也说不定。现在手头上没有这本书,无从对它的艺术性加以复查,但试回到六十年前的语境,我们的审美眼光恐怕更多为作品强烈的政治性所掩了。

就说我至今记得的其中的警句,被我暗中讽诵的:

最好的歌,歌唱斯大林!

这一句是同题诗中反复吟咏的,应该是说唱时的"副歌"吧。而我作为一个正在学习写诗的"文学青年",竟套用着写出了"最好的歌,歌唱毛泽东"!

在以"歌颂领袖"为标志的,为个人迷信推波助澜中,可以说我也是师从了杨卡·库巴拉,虽然我只是个万里之外的私淑弟子。

1949年后,偶读苏联画报,一直没有碰到过这位老歌手,却记住了另一位民间歌手江布尔的名字,那也属于一个少数民族,是中亚某个加盟共和国的人吧。

而到1991年后,在一些对苏联往事揭秘的文字中,说起江布尔,竟是一位文盲,这也无足怪,他们的咏唱是口头文学嘛;然而不止于此,竟说他的见之于书面的歌诗,全都是由官方文人——记者之流代笔的,他的"走红",据说也不过是某家报纸某个记者在当局支持下炒作的成果罢了。

将信将疑之间,我不免又想到杨卡·库巴拉。因有过某种精神上的联系,总希望他不论思想境界和政治倾向如何,毕竟是唱过自己的歌的歌手,而不是只靠炒作出来的伪歌手。

然而,二十年来,没有他的消息。在苏联瓦解,白俄罗斯独立的翻天覆地大变动中,一个民间歌手哪怕是闻名一时的歌手的生平,真是渺不足道了。

忽然,我在一段有关1934年全苏第一次作家代表大会的译文中,看到了杨卡·库巴拉的名字。

他的名字出现在文中引用的(苏联)内务人民委员部向(联共中央)政治局提交的文件里。

原来,据说党的领导人对于1934年第一次作家代表大会表现出特别的兴趣。内务人民委员部早在大会之前许久便开始了准备工作,监视着作家们一举一动。定期向斯大林报告未来的代表大会代表的言论。每个代表团中都有同谍报机关合作的"创作活动家"。

一批名单接着一批名单,按照各共和国的顺序,实际上是对出席代表的政治鉴定。其中,白俄罗斯部分中有一条:

扬卡·库帕拉——?·?·卢茨凯维奇,白俄罗斯人民诗人,无党派人士。人民民主主义的积极领袖……同已判刑的"白俄罗斯民族主义中心"成员拉克-米哈伊洛夫斯基、日克等人保持密切联系。

上了这类名单的人总是有某种政治瑕疵、政治嫌疑的吧。据说,名单上大部分人后来被处决或者关进了集中营。看来,我所关注的杨卡·库巴拉幸免于难,因为《芦笛集》中收有他歌颂1936年所谓"斯大林宪法"的诗,至少他在作家代表大会后两年还健在,而这个中译本所据应是俄译本的战后版,那么更该为老歌手庆幸了。看来,老歌手有他自己的生活,有他的同胞朋友,他不会是仅仅靠炒作起家的傀儡式人物,如果那样,就不劳谍报机关费心了。

我想,如果查到苏联的百科全书,当有这位老歌手确切的生卒年月。他能在列入嫌疑人名单后而逃脱厄运,不知是因为他与斯大林最恨的各加盟共和国内的所谓"民族主义分子"的来往关系过于平常,还是留他这个活口,放长线钓大鱼,憋着抓更多的涉嫌"白俄罗斯民族主义中心"的"反革命"。

好了,结束这一次"为古人担忧"的话题吧。

2010年12月9日

曾卓：永远的友人与爱人

曾卓有多重身份，不同时期的社会身份竟有上天入地的变化。而人们谈论他的诗，往往从他命运起伏的政治背景来看，几乎已成定势。

这多半是由于他在"文革"后复出时，他1970年写的《悬崖边的树》一纸风行的缘故。这首"文革"期间的诗，是他终生的挚友邹荻帆拿到《诗刊》，于1979年9月号刊出的。当时在《诗刊》社任职的诗人柯岩在准备于即将召开的第四次作家代表大会上发言，委托正在编辑部帮忙的诗人梁南为她找几首有代表性的诗作，梁南特别推荐了曾卓此诗。柯岩在大会发言中对这首诗作了很好的阐述。于是，被不知是"什么奇异的风"吹到临近深谷的悬崖边的这棵树，"它似乎即将倾跌进深谷里／却又像是要展翅飞翔……"作为一个典型意象，便广为人知，被人们记住并传诵。

在这首诗里，诗人的命运还是一个悬念，"悬崖边的树"正在欲跌未跌、欲飞未飞之际，这是诗的张力所在，也含蓄地表明了"寂寞而又倔强"的诗人的某种迷惘——不能掌握自己命运的无奈。而在同一年（1970）"在单人'牛棚'中"写的另一首诗《无题》就完全不同：

我不是拿破仑

却也有我的厄尔巴——

一座小小的板壁房就是我的孤岛

外面：人的喧嚣，海的波涛

我渴望冲破黑夜

在浓雾中扬帆远出

去将我的"百日"寻找

我倒下了，但动摇了一个封建王朝

  这已经是一首"怒诗"，是曾卓作品中少见的剑拔弩张之作。可以看作他1946年写的《铁栏与火》的回声——那首以"虎在笼中旋转……铁栏锁着／火！"为起讫的诗，在另一种社会形态下喊出了对自由的渴望。而这首《无题》如果被新的当权者查获，则是要按触犯"公安六条"处以重罪的。在严酷的"一打三反"运动前后敢于这样书写，从政治上考察，既显示了诗人的天真，也符合温和派变成激进派的一般规律吧。

  终曾卓的一生，本质上是个诗人的存在。作为革命者、地下党员，只是政治的附加，作为囚徒，则不过是时代的宿命。他四十年代虽亦屡经风险，而并未被捕过，但他写的《不是囚徒》，却成为五十年代至六十年代乃至七十年代的预言或谶语：

不是囚徒，

而我的头上呼啸着皮鞭,

我的脚上锁着无形的铁链,

到处都有盯着我的黑色的眼……

但灵魂是能禁锢的吗?

梦想是能监视的吗?

我磨我的短剑,写我的诗篇。

说曾卓属于诗人气质,从表层说,是指浪漫的,感性的,如"我磨我的短剑"这样应该"打折扣"的"豪语",其实不过是对"我的诗篇"作用的夸张;其诗人气质,更直截了当说,那就是某种个人主义的,自由主义的叛逆色彩,用诗人自己的说法:"我骄傲:我站在光辉的旗帜下。／我惭愧:我是一个吊儿郎当的士兵。"(《凝望》,1957)他早年的参加革命,乃是出于理想的驱策,"怀着／十九岁少女期待爱情的心""追寻一块乐土"——如巴比塞说的"圣经不曾记载的地方"(《流浪人》,1943)。在那里,寄托着对光明的希望,对自由的渴求,对明天的憧憬,对土地的眷恋——"对这一切的／不能遏止的深深的爱"(《爱》,1942)。

作为诗人的曾卓,从日本入侵后一开始写诗,就以人性的、爱的眼光凝视着他离家流浪途中所见的种种令人悲悯的惨象,路边熟睡的伤兵,墙角饿死的女孩,倒在夜来风雨中的疯妇……他不时想起忍痛告别的母亲(后来也在逃难的路上病倒而不知所终),他不能不对亲人和非亲人同样心怀哀痛。然后是内战,"从受难的大地上抓起的／这一撮土","那每一粒细沙的上面／都沾染着诗人的眼泪和战士的血"(《一撮土》,1946)。

然而,通观曾卓早期的诗,包括他踯躅在四川、贵州边远小城镇,面对着民间的苦难,他突出地感到了寂寞和孤独。他如实地写下了他不能忍受寂寞和孤独的内心。1942年在黄桷树,他写《断弦的琴》,为了跟上"时代的洪流",不愿让生命"搁浅于爱情的沙滩","我知道要来的／是怎样难忍的痛苦／但我仍以手／扼窒爱情的呼吸"。他纠结在自省的矛盾之间:

曾试饮一口爱情的酒
——狂喜着在沙漠上掘到了清泉
皱眉苦眼连酒杯一同扔开,摔碎
在苦痛中高笑着,在笑声中
又流泪,为了别人的泪
正直的言语,诚恳的诗篇
健康不健康的我们的心?
让我先拷问自己
以拷问世界的长鞭

(《别前》,1943)

如果说,曾卓1939年写的《别》是他的第一首情诗,那只是17岁惨绿少年的一种萌芽的朦胧的爱情,一个开朗的女同学和他谈得来,约定一起去延安,出发前泄密,不能成行,小诗人逃了自习课,到江边送那人先去成都,明知此去难得再见,却还"摇着手互说一声'再会',愿一路顺风随你吹"。

曾卓在《江湖》(1944)一诗中,动情地写下了另一次送别,却不是给女友,而是给两位亲如手足的同志:

> 而今你们又要走了,要将一切都带走了
> 我一个人还在这座灰色的城市中游荡
> "我也走",我说,却又没有载我的
> 破旧的马车,送我去想去的地方

这最后两句,使我想起了米莱的断句:

> 没有我不肯坐的火车
> 也不管它往哪儿开

这是曾卓极其喜爱的两句诗,后来他在炼狱中写《给少年们的诗》一组二十七首中,有一首《火车,火车,带我走吧》就是由此生发开来的;而又后来,直到他逝世之前不久,呼应这两句诗,写下的应该就是曾卓自己的绝笔了。

联想曾卓生在内地而从小向往大海,晚年更以老水手自居,从年轻时就又向往乘上火车,去想去的地方,不管有多遥远……这真是一个不安分的人,"不能忍受寂寞的人",也是永远在路上的人。而在路上,"我记起了我遗失的箱子 / 看不见的,锁满友情的箱子"(《别前》)。幸亏他同时把友情和爱情也都锁进了诗里,至今、往后都不会遗失了。

在他持续写诗的第一段时期,他留下艺术上最圆熟而完整的

一首情诗,只有十六行,是写于1945年沙坪坝的《雨天》:

  我要去看你,林薇
  在这个雨天,打一把伞
  我要去看你,林薇
  穿过林荫路,走过泥潭

  我要去邀你出来,林薇
  两人挤在一把小伞的下面
  我要去邀你出来,林薇
  将你的左手握在我的右手中间

  我们不要轻声说话,林薇
  听微雨轻轻地敲着小小的伞
  我们不要轻声说话,林薇
  我的身上流着你的温暖

  我们去站在一棵大树下面,林薇
  看黄昏的风中夹着细雨
  我们去站在一棵大树下面,林薇
  快乐的当中夹着忧郁

我不知道此诗的本事,但凭直觉我猜它出于想象,不是纪实,不过这不重要。诗的节律和韵味,在于仿佛喁喁细语的雨点敲打在小小的伞上,伴着年轻情人心中絮叨的窃窃私语,意境全出。

我们在曾卓的诗中再度读到一组题为《有赠》的情诗,已经写于曾经"水深波浪阔"的五十年代至六十年代,诗人先后写下了从《是谁呢》到《无言的歌》等诗八首。都是真实的情境、真实的心情的存照,诗人对之倾诉的,就是"我轻轻地呼唤着雪,雪,雪……/呵,我是在轻轻地呼唤着一个名字"(《雪》,1960)那惟一的人。

我记得在1984年秋,我和诗人去黑龙江旅行途中,有一次听他默诵其中的《有赠》这首诗,感情凝重而语调平易,但随着一行一行的叙述,我不觉已泪流满面。让我在这里把这首诗重抄一遍,重温诗人在不通音讯暌隔六年、苦苦相思六年之后,有如列宾名画《意外归来》那样悲欣交集的重逢:

> 我是从感情的沙漠上来的旅客,
> 我饥渴、劳累、困顿。
> 我远远地就看到你窗前的光亮,
> 它在招引我——我的生命的灯。
>
> 我轻轻地叩门,如同心跳。
> 你为我开门。
> 你默默地凝望着我
> (那闪耀着的是泪光么?)
>
> 你为我引路,掌着灯。
> 我怀着不安的心情走进你洁净的小屋,

我赤着脚走得很慢,很轻,
但每一步还是留下了灰土和血印。

你让我在舒适的靠椅上坐下,
你微现慌张地为我倒茶、送水。
我眯着眼,因为不能习惯光亮
也不能习惯你母亲般温暖的眼睛。

我的行囊很小,
但我背负着的东西却很重,很重,
你看我头发斑白了,背脊佝偻了,
虽然我还年轻。

一捧水就可以解救我的口渴,
一口酒就使我醉了,
一点温暖就使我全身灼热,
那么,我能有力量承担你如此的好意和温存么?

我全身颤栗,当你的手轻轻地握着我的。
我忍不住啜泣,当你的眼泪滴在我的手背。
你愿这样握着我的手走向人生的长途么?
你敢这样握着我的手穿过蔑视的人群么?

在一瞬间闪过了我的一生,

>　　这神圣的时刻是结束也是开始。
>　　一切过去的已经过去,终于过去了,
>　　你给了我力量、勇气和信心。
>
>　　你的含泪微笑着的眼睛是一座炼狱。
>　　你的晶莹的泪光焚冶着我的灵魂。
>　　我将在彩云般的烈焰中飞腾,
>　　口中喷出痛苦而又欢乐的歌声。

这是如聂绀弩一样的"喷血成诗",且成诗的时间段是十分相近的。但我为曾卓默诵这首诗而感动,绝不仅因为我是那同一时期,有类似际遇的过来人。正如我们生在二十世纪中国,却对十九世纪俄罗斯列宾那幅题为《意外归来》的名画深深感动,是缘于普遍人性中最柔软的那份储存。我在1959年夏的一个风雨之夜,也曾写过:"而我将做一个不速之客／突然在你的意外归来"。"罪人"、政治犯、流放者的心都是相通的。我敢说,我们沉淀着血泪的这些诗行,比李商隐"何当共剪西窗烛,却话巴山夜雨时"的意境忧愤深广(义山诗自有其别样的艺术价值,而且他诗的成就远远不止这一首千年传诵的名篇)。

　　如果说,曾卓的《雨天》,还有着戴望舒、金克木那些最优秀的抒情诗的情韵,到了历经时代沧桑之后的《有赠》,则是极大的突破。曾有人把一些关于友情和爱情的抒情诗叫作"轻诗歌"(意谓它像悦耳的"轻音乐"一样赏心悦目吧),而曾卓的《有赠》诸篇,则是狭义的爱情诗也是广义的抒情诗的"重中之重"了。

在这里我还要提到他写给女儿萌萌的诗《最老的朋友的关切和祝福》,也是深情无限。由于篇幅关系,不具引。

至此,我们可以说,作为诗人的曾卓,作为他那些关于友情与爱情的抒情诗的作者,他的永远的、终身的身份,就是友人和爱人。他满怀着对友情和爱情的渴望和追求,从寂寞和孤独中起飞,飞越革命时代的历史风雨,高飞过,也跌落过。在他跌落幽谷的日子,他怀念的友人和爱人,也在怀念着、关切着他。最终他从风雨如晦中,飞到了如他1943年3月《抒情两章》所写的,在贵州经过一个严寒的冬季,漫长的阴天和大雪,迎来第一个有太阳的早晨,一眼望去是春天的蓝色的晴空,遂大喜悦,他真正回到了他深深爱着、也爱着他的友人和爱人身边。

在今天,2011年,我们还能听到,诗人近六十年前在贵州叫作海子街的地方,面对蓝天写下的这样几句:

再让我静坐下来,撑住腮
像哲学家那样困惑地思考:
怎么能够容许污秽、贪婪、残暴……
蔓延、生长在你无瑕的胸膛下呢
——春天的,蓝色的晴空啊!

2011年10月18日

一九六三年的邂逅

1963年冬天,我有机会到重庆去,这是"反右"以来除了下放农村和劳改农场以外第一次乘火车"到远方去"。宝成线迤逦过秦岭、大巴山,俯望峡谷间嘉陵江的碧水,几乎忘记了自己的特殊身份,萌生一般人旅行的好奇和惬意。

我所在的剧团带着三个剧目:曹禺的《北京人》,苏联战时题材的《花园》,还有根据胡正同名小说《汾水长流》改编的现代剧,到南方巡演。没给我分配具体任务,但开始时我总是每晚跟班,在后台搭把手什么的。这样把《北京人》的情节(本来没什么起伏跌宕的情节)和台词(的确耐捉摸、有回味)都看熟了。

有一天,演出正在进行。有谁告诉我,有人找。抬头,那人就在眼前。后台光线暗,来人又黑又瘦,一下懵住了,什么人?听他用不大的声音说:"我是静轩。"啊,孙静轩! 你怎么来到这里啦,我忘记他"反右"前就在重庆工作了。

之前我们的最后一面,清清楚楚是1957年1月底,在北京西四羊市大街外文局宿舍院徐迟家里,静轩说了一句话,我印象很深,大意说他发现,写作就是要把好写得更好,把坏写得更坏。许多年后,我想他这是对毛泽东延安讲话里提倡"六个'更'"的"活学活用"(文艺作品反映的生活要"比普通的实际生活更高,更强烈,更有集中性,更典型,更理想因此就更带普遍性")。

当时静轩已经发表了他的《海洋抒情诗》系列,在青年读者中受到欢迎,大家管他叫"海洋诗人"。文艺界也流传着他的"佳话"。例如在中央文学讲习所,他和山东老乡又是战争期间著名"孩子诗人"的苗得雨住同房间,说老苗床边挂的是中国诗圣诗仙的名篇佳句,孙静轩床边贴的却是普希金和惠特曼的画像。两位山东汉子为了诗歌观点,经常辩论到面红耳赤,甚至——用今天的话说是"肢体接触",还得劳老大哥诗人张志民来调解纠纷。我没进过文学讲习所,这些都是耳食之言。

不过,那晚从徐迟家集合走到西四同和居,赴《诗刊》的邀宴,静轩一直表现得文质彬彬。主编臧克家讲了创刊前后种种,特别是毛泽东召见的来龙去脉。大家都很兴奋,谁也不像要"反党反社会主义"的样子。

不到半年,当时在座的,老诗人吕剑、唐祈,年青一代的公刘、梁南、静轩和我,不期都以"反党反社会主义"之名落网了。

然后各自西东,彼此没有联系。一是自顾不暇,再也是为避嫌。胡风他们一些诗友间的关系不是审查个没完没了,连他们的读者也要交代所受的影响吗?"反党联盟""反革命小集团",殷鉴不远,谁不退避三舍?正如苏俄女作家利季娅·丘可夫斯卡娅说的:"恐惧像一堵墙,把具有同样感受的人一一隔开"。

大饥荒后期,1962年,一度传出要对划"右派"的人进行"甄别"的小道消息,秋天北戴河又强调"千万不要忘记阶级斗争",把幻想扑灭了。加上台湾叫嚷要"反攻大陆",国内政治空气好像越来越紧张了。

我不认为剧团的领导和同事们在监视我,这个集体在我最困难的时候接纳了我,平常我跟上上下下老同志和年青同志都处得很和谐。因为在我来此这段时期,没搞政治运动,而且我真的是"规规矩矩",没有"乱说乱动"。宿舍同一单元住的居民小组长老大妈也没报告我有什么"异动""敌情"(这是许多年后得知的)。但我是过来人,深知"提高革命警惕性"的训练和濡染,在以阶级斗争为纲的年月里的逻辑必然。这使我在冷不防面对孙静轩的意外到访时,稍稍迟疑了片刻。

静轩大概看出了我的一点犹疑和尴尬,也因为后台光线的确使人压抑,他说:"出去走走吧。"

我却毫不迟疑地说:"就在这儿吧。"我拉他在个道具箱上坐下。

演职员们来往穿梭,并不注意我们两人,但我仍然感到处在众目睽睽之下。

在这里能谈什么呢?

如果走出去,不管在江边,在路上,在茶馆,显然我们会互道别后的种种。我会讲讲自己怎么在"林教头刺配沧州道"的沧县、黄骅挖河修渠种水稻,而他则会向我述说他怎样押送农村,"历时四载,烧过窑,打过渔,当过伐木工和炊事员,几次大难不死",刚刚回到社会上;甚至也许还会讲起他后来在《这里,没有女人》《黑色》中倾诉的别样的生活。而我为什么一瞬间,几乎是本能地谢绝他的邀约,把他挽留在这个黑糊糊的后台,这个绝不适合纵情长谈的场合?

"水深波浪阔,无使蛟龙得。"在孤独又困厄的日子里,曾经多少次念叨杜甫怀念李白的诗,"世人皆欲杀""魑魅喜人过",侈想着"何时一樽酒,重与细论文"……

但真正的诗友来到身边,下意识地感到,不能两人单独外出,因为历次运动的教训铭刻在心,事事处处要有证明人,当急风暴雨来临时,会逼问你每一次跟朋友的会见(反动政治串连),每一次谈了些什么(反动思想交流),有什么密谋策划(反动组织活动)。

于是我们坐在那里,有一搭无一搭地找话说,尽是些可说可不说的淡话,或者偶尔倾听一下前台的剧情。更多是沉默无言。但难得一见,恋恋不舍,又不忍匆匆道别。就这样坐到散场。

十几年后的 1979 年 2 月,他在来京开过诗歌座谈会后,以《雾重庆》为题,追记其事赠我,但他把 1963 年记成了 1962 年,就是他刚刚结束劳改的年份了:

"长途跋涉,风尘仆仆,各自走过坎坷的路／我和你不期而遇,在这遥远的山城的街头／南方的冬天,本来不该寒冷／但此时却寒风凛冽,弥漫着大雾／不远就是温泉,该去洗一洗风尘／但温泉属于别人／你我只能默默地厮守在没有灯光的幕后／挨肩坐在长凳上,相对无言／听那迟缓而沉闷的汾水长流／好缓慢的汾水呵仿佛流了四分之一个世纪／等待在阴冷里,你我紧握着冰冷的手／呵,一场戏总算闭幕了／你和我飞奔而去／去听那擂鼓般的波浪,看大江滚滚奔流……"

这最后的两句,当然是诗人孙静轩浪漫的畅想。因为那晚我们也还是黯然地默默分手了。

　　写过这首赠诗以后不久,他就跟艾青、邹荻帆等一起,有一次沿着南方海岸线的远行。不仅在象征的意义上,而且以后来二十几年的作品证明,海洋诗人从而重获了诗的生命,艺术生命。

　　在最后的二十几年里,他不复以青春年华率真倜傥的姿态出现,而回首检点了自己的一生,也重新审视了这个扰攘的世界。1993年《人血不是水》一诗中,他反思了四十多年前一次亲自执行死刑的感受:"我真后悔那天不该举起枪／从背后朝那个青年射击／尽管我闭上眼睛双手颤抖／还是打掉了他的一只耳朵／我永远记得／他最后一次回过头／用一双恐惧而又哀怨的眼睛望着我……"他在诗里说,从此,他常常做噩梦,梦中的灵魂不停地哭泣;他在生活中,也不止一次对友人说起,这一令他忏悔终生的经历,让他重新认识历史,并且皈依人道和正义。

　　2011年元旦,我收到了花城出版社出版的,由刘福春代编的《孙静轩诗选》,我就想为他写一点什么。这个童年在饥寒中度过,8岁开始流亡,12岁当兵的诗人,一生的经历丰富而曲折,对历史和现实也有自己的观察和思考,并见之于笔下的诗歌。有关孙静轩对当代诗歌的贡献,除了林贤治、石天河,以及牛汉、昌耀有过一些相应的评价外,我以为还缺少足够的恰如其分的估计。这方面我也无力做出中肯的评论,只写下多年前两只涸辙之鲋的一次邂逅,以为纪念。

2011年12月28日

诗人黄苗子

黄氏三兄弟大雷、大威、大刚在百雅轩网上致各界朋友书,通报了黄苗子先生走完他百年人生最后路程的消息,末了说:只要记住他的幽默、达观和谦和就够了。我深然之。

一说幽默,不能不想到苗子的"打油诗"。苗子从小习诗,但在读到他的诗集之前,曾见抄传的多是他的题画诗。中国传统的文人画,往往题诗,或画龙点睛,或借题发挥,或若即若离,久有诗书画三绝之说。题画诗并不是与画互为图解,因此琢磨起来便有味道。拿苗子题林锴《钟馗夜归图》看,画的是钟馗大醉一少妇扶掖之:"小妹相扶抑小妻?晕晕乎乎醉如泥。终南进士司何事?白昼鬼行君夜归。"又如一阕题《醉钟馗图》的《西江月》下片:"妹子嫁归香港,孩儿走读西洋。妖魔鬼怪任披猖,老子醉乡放荡。"幽默会使人忍俊不禁,但幽默绝不止是为了搞笑。单纯的搞笑是插科打诨,苗子不为也。苗子的幽默绵里藏针,让人一笑后不免引起联想。他题丁聪《不倒翁图》的《菩萨蛮》上片:"东西南北团团转,是非黑白何须管?风好护袍红,红袍护好风",好一个"风好护袍红,红袍护好风",胜过了曹雪芹替薛姑娘写的"好风凭借力,送我上青云",若说打油诗是文字游戏,苗子确是把游戏文字玩得炉火纯青了。

如果说苗子"戏为元公（启功）作"的长歌《保护稀有活人歌》还带着游戏的味道，另一首《长歌行》，则是长歌当哭，缘于舒芜在《读书》杂志发表《让伐木者醒来》，介绍荒芜在北大荒的《伐木日记》，其时荒芜已郁郁离世，苗子在南半球的布里斯班读了此文，忆及在完达山伐木的日子，一起发配北大荒的友人，有的已经长眠异乡，悲从中来，句句血泪。苗子还写了许多赠友忆旧悼亡的诗，俱见真情。也许正因"所见多矣"，"生幸不死死微尘"，才有后来在生死问题上的通脱、旷达吧。

而从整体来看，苗子打油诗的灵魂，却在他对国运民命的执着，对侵害人民权益的犀利指陈："大腕发财凭盖印，白条无据却征粮""先富尽多无赖子，后门争走富平侯"，活画出当时当地的弊端所在，他深感忧患，苦思求解："茫茫来日愁如海，改革当真是妙方。"这是他的答案——惟有改革是中国惟一的出路。

或问，这样严肃的内容和主题，也叫"打油诗"么？苗子有两句诗为大家所熟知："春蚓爬成字，黄油打作诗"，前一句是自谦，说写的字如蚯蚓，后一句则他第一本诗集就命名《牛油集》，他的打油诗，是从这个属牛的人精神的骨缝里榨出来的"油"啊！他写给广东老革命、也是老诗人的胡希明的诗中，说"思到无邪合打油"，可见在苗子心目中，打油诗者，乃是区别于任何功利的实用的写作的。

我跟苗子夫妇在什么地方初见，已记不清，因为没有日记可供查考。总是在"文革"之后，上世纪八十年代，"生还"的文化人们缓过一口气来，互相交往不受追查的时候。人们喜欢拿狄更斯《双城记》开卷的一段话形容这个时期,"这是光明的季节,这是黑暗的季节"①,因为新旧并存,左右交叉。但我发现,我们这个躁动的社会,除了明确的政治分野以外,还有一些你要凭感觉来辨认的生活圈子,比如有些人实际上生活在《官场现形记》里,有些人生活在《二十年目睹之怪现状》里,甚至有些人生活在《金瓶梅词话》里……但也有一些老人,仿佛生活在《世说新语》的某些篇章里,当然不是讲谋略的章节,而是讲机智和情趣的,其中就有杨宪益、丁聪、吴祖光、黄苗子、郁风们,还有许多人,如方成、荒芜、高汾高集夫妇、王世襄袁荃猷夫妇……大抵生在二十世纪初始的二十年间,亲身经历过战前、抗战和内战,熟悉重庆、成都、桂林、昆明、上海、广州、香港,然后来到北京,这还不够一部现代"世说新语"的宏大背景么?文化界特别是"国统区"文化界的故实,了如指掌,如数家珍。

听他们谈今说古,见出其"世事洞明,人情练达",尤其见出他们超脱一己的遭遇,而关注着整个社会。

我于书法和绘画是完全的外行,对苗子在这方面的成就,包括中国美术史的研究,惟有瞠目仰视,不能赞一词。于传统诗歌,我也是半瓶醋,一只脚还在门外。但如苗子、宪益他们,已成"风雅"的化身,我就成了"附庸风雅"的人(苗子、郁风、荒芜和陈敬容八十年代办《诗书画》,我就成了作者之一)。去年一次到朝阳医院看望苗子,他兴致很好,谈锋甚健,随手把他题黄永玉《群猴图》的一首

---

① 狄更斯原文:"这是最好的年头,这是最坏的年头;这是智慧的年代,这是愚蠢的年代;这是信仰的年代,这是怀疑的年代;这是光明的季节,这是黑暗的季节;这是希望的春天,这是绝望的冬天;在我们前面万物俱全,在我们前面一无所有;我们全都直上天堂,我们全都直下地狱……"

七绝抄给我:"子孙来自类猿人,凿凿言之达尔文。太惜(息)西游无续本,天宫闹罢闹乾坤。"这是典型的黄苗子打油诗。头一句的"类猿人"本来似应是"类人猿",可能为了凑韵颠倒了一下,这里代诗人请生物学家原谅。第四句"天宫闹罢"的"闹"字,写的是正体亦即"繁体"——"鬧",后面"乾坤"之前,按写诗的常规该是重用"闹"字,而苗子却写了个"鬥"(是正体"鬭"在昔日习惯简化为"鬦"后的又一次简化),在现行的简字表中却已更简化为"斗"了。苗子原意究竟是"天宫闹罢斗乾坤"呢,还是我以为的或许应是"天宫闹罢闹乾坤"呢?好在可以到黄永玉先生处一查,我这里不过是一种猜测罢了。万望诗人谅之。

2012 年 1 月 14 日

丁图的诗

丁图先生——丁图同志去世十年多了,他1950年代初从南通到北京,进广播电台达五十年,是真正的资深编辑了。我在1978年之前,也有近三十年编制属广播局,跟他长期一起进出西长安街三号和真武庙粉楼,所谓抬头不见低头见,可几乎没有接触,一是部门不同,我在中央台,他在市台,工作没什么交叉;再就是他不喜张扬,不显山不露水,我又不善交际;这样我们就失之交臂了。

不过,我是知道丁图其人的,他的名字简单易记,听人提到他,都是直呼其名,从不"正式"地叫他"丁图同志",后来也不尊称"丁图先生",可以想见其平易近人。他衣着也朴素,一年到头是深色干部服,大家争穿呢料中山装的年月,他似也不改其"布衣",可能只是平纹布换成斜纹卡叽罢了。市台的人说起他,都是赞许的以至尊敬的口气。

不知道凭我早年印象这样描述他是否准确,但我相信人们的口碑。我还知道这位长者文字功底很厚,却从未听说他是一位诗人。

这回是看到市台的老友们替他印了一本诗词选编,一开头就翻印了他的一本新诗集子《消息》(上海南极出版社,1948),然后,他的诗创作中断了,直到晚年重拾诗笔,虽以旧体为主,有时又按捺不住,写起新诗,赠友或自遣。

1948年出版丁图诗集的上海南极出版社,从未听说过,不知长期从事现代诗版本目录学研究的刘福春兄,手头有没有收藏这家出版社的书品,包括丁图的《消息》?

《消息》是诗集第一首:

人们疯传着你的消息／他们说／是一个不幸的消息／他们说／这是最末一次的消息了

父亲摇着他斑白的胡髭／母亲背着父亲啜泣／而年稚的妹妹又叨叨的问起／二哥几时回家呢

诗里的二哥,就是丁图之弟周俊翱烈士,1947年牺牲于苏中,该是不久前才从国统区的南通到苏中解放区去的吧?

1947,1948,那是内战方殷,血与火交织的年代,丁图的诗紧扣着生死对决的时代脉搏,如《悼》是追悼"南通惨案"死难者的,我依稀记得当年听说沿江不少地方,都曾把抓捕残杀的青年的尸体甚至活人,装进麻包抛入长江,像诗中所说"被葬身在哽咽的古扬子",使我们震撼,悲愤莫名。

临近末日的反动统治者,不但杀人,还封闭舆论机关,剥夺公民权利,丁图《安全》一诗就写在《时与文》停刊之日,而《寄不出的包裹》,却已出离愤怒,仿佛对非正常的现象已经习以为常,视为常态了:

小小的邮包 / 一个又一个 / 待在屋子的角落头

它们要被寄递出去 / 寄到遥远的地方 / 北平、天津、汉口和广州

可是，它们寄不出去 / 恋着他们的老家 / 一个月，一个月，又一个月

有人若是问起原由 / 不是绸，不是布 / 它们是讲着真话的新出的书

从诗人貌似平静的语气里，你看不出对当时权力者的抗议，因为与虎谋皮已经没有意义。诗中只描绘了"寄不出的包裹"，但分明透露了事件背后害怕真话害怕舆论害怕人们通过读书追求自由权利的一种色厉内荏。

在仅有十五首诗的薄薄诗集里，除了表达诗人痛苦、悲哀和忧郁的篇章，还有对自由民主的新的中国的向往，对火把、旗帜和生活的抒情。

遍翻老友们为丁图编印的诗选，我还从他晚年的赠答中，发现沙白、耿林莽等至今不曾搁笔的耄耋诗人，都是他早年在如皋、南通时相濡以沫的诗友。在丁图后来诗词的夹缝里，发现他偶尔写的新诗，跟他年轻时的作品一样朴素真诚，如《真为难》：

一位诗人说 / 他写过许多许多行

一位记者说 / 他写过许多许多条

一位印刷工说 / 他拼过多少多少版

可是 / 说起来真为难

各有各的辛酸／真，为难；真为，难！／难！／难！

这该是曾为诗人、又曾为记者的丁图的肺腑之言，也是为他昔日的诗友和后来的记者同行们一吐积郁吧，他是因"为难"而长期不再写诗的吗？他虽久矣不写新诗了，一旦拿起笔来，风格依旧，只是最后陆游《钗头凤》式的"难！难！难！"平添了几许老辣的幽默。

可见，丁图虽然看来在本单位人缘很好，可并不是一个所谓好好先生，他有自己的观察和判断，自己的思考和态度。我一方面为他在上世纪五十年代后中止写诗惋惜不已，一方面想，这或也是他的明智之处。他心中实际上埋着诗的火种。在过去的时代这却是引火上身的祸根。这样看来，我殊不必为与他失之交臂而遗憾，这使我们在以诗贾祸、以文贾祸的年代里免于彼此株连，少却多少麻烦啊！

丁图老兄，怀着你的诗心，安息吧。

2012 年 4 月 3 日

诗话二则

老校长写诗忆丽尼

从曾敏之先生处借阅了广东王越先生自印诗集。王越也是一位老人了，先后担任过暨南大学、中山大学的领导职务。他的七言古风甚见功力。现在大学的领导，即使是文学院长，会写旧体诗的有，能达到这样水平的，恐怕一时还难找到。

在欣赏其诗艺的同时，发现不少诗带有可贵的史料性，如他怀念三位已故老同事的内容，就透露了"文革"中的一些细节。

其中有关于郭安仁——我们熟悉的散文家、翻译家丽尼的诗四首，并附详注。我以为写出了当时的社会气氛和文人命运。

组诗的总题是《深切怀念郭安仁、何家槐、杜桐三同志逝世二十周年》。其中关于丽尼即郭安仁四首迻录如下：

土室联床话译篇，"丽尼"往事杳如烟。
踽天踽地归来日，不向南楼向九泉。

暨南大学郭安仁教授译著甚富，译作笔名丽尼，盖以纪念昔年女友也。安仁于1965年与余等逾花甲者数人,参加云浮县腰古公社之"四清"运动。事毕归校。"文革"时被迫离天南楼故居,于酷暑中从事劳役,匍匐于畛畦之间,不幸暴卒。

　　南奔万里苦流离,谁意髠钳及老妻。
　　咫尺天涯成永诀,不堪回首泣牛衣。

郭安仁夫人,据了解为音乐家,于北京从事音乐教育。"文革"时发被剃,遭磨折,南奔来投。适安仁亦在劳役中。行动被监视。夫妻于羊城车站隔栏对视,泪盈于睫。其爱人凄然北返;不久,安仁即去世。

　　淮海风寒战未收,兵家千载贵先筹。
　　书生献策摧残寇,赤帜如林满石头。

解放战争时期,安仁曾冒绝大危险,从国民党机要部门,取出其作战计划,辗转送达解放军领导机构而受到嘉许。安仁生前,对此绝口不谈,其退抑不伐之风,诚属难能可贵。此事仅于年前稍微见诸报端,世人知之者甚鲜。

　　腰古挥锄夜露清,相期无恙却吞声。
　　悠悠廿载音容杳,忍向文坛问死生?

安仁与余等参加"四清"运动,亦自动参与农业生产。该地毒虫繁殖，稍一不慎，即有被螫之虞。然时经半载，安然无恙。不料安仁竟死于"文革"之强迫劳役。十年浩劫，暨南大学中文系被迫害而死之文学家尚有何家槐、杜桐等同志，其犹能幸存者，有不堪回首之感。"文革"后，拨乱反正，已为郭、何、杜三同志以及其他被迫害而死者恢复名誉。

青少年时读巴金文化生活社编的丛书作者中，有一位散文家陆蠡，已死于日本占领军狱中，不意另一位散文家丽尼，复死于号称"文化革命"中的强迫劳动。1949年后，丽尼先生似已基本上中断了写作，且一向低调，不矜不伐，也未能逃脱劫难。欲呼"苍天胡不仁"，不知苍天却抱屈否。

2012 年 7 月 10 日

樊光瑾与潘复生唱和

2002年，我去山东兖州参观，在当地博物馆，遇到诗人樊光瑾（1923—1992）先生哲嗣英民，持赠先生遗作《两间室诗抄》，此时，先生已经离去十年了。

光瑾先生是认真做人、认真为诗的人，晚年曾草拟《维护诗词格律优良传统倡议书》，"约法三章，传檄万里"，在同样认真的诗词作者中获得广泛的响应。他在1982年写信批评我关于昆曲《晴雯》和夜梦杜甫二诗，一有平仄不合与"犯孤平"之误，二有入声字和上、去混押以及韵脚重见之病，指正中肯。我在1999年编《旧信重温》（武汉出版社）时将此信收入了。

现在离樊先生写信批评我已三十年，离先生去世已二十年，重新捧读《两间室诗抄》,深以当年无缘当面聆教为憾。

十年前读这本诗抄,就很感兴趣地发现樊先生与潘复生先生唱和的四首诗。为什么感兴趣?因为我一直想了解潘复生的"下落"。早在1958年,他任中共河南省委第一书记时,在5月中共八大二次会议上,遭到第二书记、省长吴芝圃点名批判。富有戏剧性的是,据说吴在全会上本来迟迟没发言,受到中央领导人"击一猛掌"①的批评,他才提高了觉悟。他发言后,毛泽东主席站起来带头鼓掌。这让当时挨了狠揭猛批的潘复生情何以堪,是不会有人在意的了。而潘书记遂成了戴着"右倾机会主义分子"铁帽子的阶下之囚。这还没有完。回到郑州,接着在省内对这位"反面教员"施行无数次大会小会批斗,以动员反右倾,以为"大放卫星",大报高产,"大反瞒产",大掠口粮的倒行逆施推波助澜,导致全省饿死几百万人。为这些恶政"善"其后时把吴某调往广州完事,而潘复生却没了消息。

直到"文革"开始后的1967年,最初几个"全面夺权"后成立的"新生政权"之一,黑龙江省革命委员会诞生,主任潘复生的名字赫然在目,才知道潘在河南落马后发配到北疆去了。其后几年,黑龙江如同全国一样,斗争不断,几经反复,也不知潘后来的动向和去向。反正,"文革"以后,对原来"革命委员会"所"结合"的干部,除了一些善于变色的灵活人物,多半是重过了一遍筛子。想必潘复生也不例外。

在我心目中,潘复生是当代不正常政治生活中一个传奇性的

---

① 习惯上我们都是说"猛击一掌",但在《中国的社会主义革命高潮》一书中,毛泽东所写的一条按语用了"击一猛掌"这个语序,也便有许多人跟风活用了。

人物。昔曾呼吁《研究一下"吴芝圃现象"》,那么,潘复生显然也有研究一下的价值。

我是在以为潘复生"后遂不知所终"的时候,读到他与樊光瑾唱和之作的。

《两间室诗抄》不注各首年月日,从前后排序看,应在上世纪八十年代前期。先是樊有《赠潘复生同志》:

> 北斗遥瞻未识荆,骤闻奖誉寸心惊。
> 欲将小草迎朝日,难得哲人诲鲰生。
> 泰岱千寻松柏茂,云霞万古羽毛轻。
> 痴怀夜仰关山月,惟觉龙江月倍明。

从樊诗看,那时他和潘并不相识,但不知从什么渠道得知潘对他的"奖誉",我猜是潘看到樊发表在报刊上的诗作,表示欣赏,经过什么人从"龙江"传告给山东的作者了。

潘复生于是有《步樊少怀先生赠诗原韵,即希郢政》:

> 避坑落井掩柴荆,拜读高吟雷震惊。
> 黄鹤题诗叹独步,洛阳贵纸显荣生。
> 如椽道出高情重,借酒浇平块垒轻。
> 安得长房缩地术,谈诗会友燃藜明。

这是说潘自己正在杜门避祸、借酒浇愁的时节,读到樊诗,恍如青梅煮酒刘备听到曹操说"天下英雄惟使君与操耳"那样,突然闻雷难掩一惊,这当然是夸张,只是表达他的知己之感。此诗连用几个典故,可见潘先生至少幼时是学过诗的。

可能在寄出这首诗的同时或其后,他又将一首《读史有感》送樊过目:

乍起风尘日月昏,是非颠倒乱纷繁。
青蝇樊止谤声起,鹦鹉舌簧逸间喧。
蜚语三传曾母去,诡词七反颖川冤。
升沉早已烟云睹,真理长存守拙园。

诗中的"是非颠倒",不知是指的"大跃进"时,还是"文革"前后,总之经过逸言蜚语构成的冤案之后,诗人对仕途已经灰心了。"守拙园"该是他自命的堂号吧。

樊光瑾又有《奉和潘复生同志〈读史有感〉,谨步原韵》:

帮辈原来利令昏,十年跋扈肆纷繁。
陷身网罟鲲鹏泣,得意阶除鸟雀喧。
屈子吟成终有恨,邹阳书上总含冤。
东方又见瞳瞳日,依旧春光满故园。

樊诗对潘多有宽慰,总归是慰情聊胜于无。不过,在这四首诗之后,诗集里再无二人诗章往来的记录。是继续有诗唱和,但未收录,还是另有缘故,鱼雁断绝,今天就不得而知了。

我所以对这几首诗发生兴趣,十年来没有忘怀,是因为潘复生和吴芝圃都是知识分子,早年参加共产党,并成为党政高级干部,在河南走到一起,共事多年,竟一朝判然两分,然后若干年各有各的命运:作为体制内的知识分子,他们都够典型的。假如能读到他们的传记,可作我们读当代政治史的重要补充。可惜我们的传记作家写成功者的多,写失败者的少;在这里,我是把吴芝圃也划到失败者群中的,不知读者以为然否?

2012 年 7 月 10 日

读荒芜遗诗

荒芜先生去世近二十年了,带着他平生的遗憾、郁闷和悲哀。而他的音容,棱角分明锋芒毕露地留在他的几卷遗作里。现在由他的爱女集结辑佚,将他的诗作合为一书。旧有所谓"怒书",不多见但不可无;我说荒芜的诗就是"怒诗",不但大违儒家"温柔敦厚"的诗教,也超出了这一诗教标榜"兴观群怨"对怨艾所允许的限度。

在这方面还是西人说得好:"愤怒出诗人",或译"义愤出诗人",总之这样的诗人写的是"怒诗"吧。

荒芜的怒诗,如果不是更早,那大概在 1966 年开始的十年浩劫中,遭到非法关押的时候就已经酝酿于胸,像七言律诗《牛棚抒怀》显然是当时当地真情实感的表露:

> 危楼高议日纷纷,太息鱼龙未易分。
> 莫谓低头非好汉,可怜扫地尽斯文。
> "听猿"实下伤心泪,斗"鬼"欣闻"滚蛋"声。
> 灞上棘门儿戏耳,亚夫原是女将军。

虽然加注说"女将军"确有所指,是"看管牛棚那位严厉的女造反派",但当时当地,敏感的读者总会联想到颐指气使的原第一夫人。尽管在高压下忍辱低头的文化人,曾经只能阿Q式地自命好汉,这却也为大家暂出一口恶气。此诗锋芒毕露,置之"天安门诗歌"中绝无愧色。

1976年"四五"天安门运动遭到镇压,"天安门诗歌"也被清查,但就在这年五月,荒芜在《赠自己》一诗中,对被黜的邓小平寄予了历史性的同情,说"可怜晃错临东市,朱色朝衣尚未除"!

直到同年秋毛泽东逝世之后,虽然敲锣打鼓庆祝了"无产阶级文化大革命"的结束,但万马齐喑的政治局面还远没有改观,文化界群体依然心有余悸。1978年秋冬,才得以突破重重阻力,平反了"四五"运动。在这之前,二月间荒芜就冒着料峭春寒,在上海《文汇报》副刊发表《诗三首》,亮出了沉默二十一载的声音。

接着,荒芜诗情激荡,一发而不可收,《长安杂咏》十九首出手后,先以手抄稿流传,后来在许多边角报刊"补白",大获青眼,一时洛阳纸贵。在不少人还"敢怒而不敢言"的时候,诗人敢言;诗人吐出的胸中块垒,几乎也是人人胸中的块垒,他以自己的知觉,唤起人们的知觉:起初对多年来非正常政治生活中的众生相略加回顾,如"告密投机新伙伴,昂头变脸老相知。名流陆续成帮鬼,小丑仓皇戴画皮",之后,很快转入当前的世态人情,他在诗中无情地鞭挞又一次变换画皮的"风派",随时准备闹地震的"震派",蠢蠢欲动的"江东子弟",还有袍笏登台的老贵和新贵:

　　高坛阔论百像惊,话到伤心泪欲倾。
　　有客座中深切齿,先生即是害人精。
　　　　　　——《读辩证法三首之二》,1978年10月此诗写于1978年10月,这不是那一年全中国大小会上常见的人物和场面吗?

万口悠悠"月旦评",而今谁是李莲英?
平心细论高千岁,应许前人畏后生。

——《读进化论》

前有高力士,后有李莲英,都是势倾朝野的人物,此中有人,呼之欲出。

类此怒诗,是诗人按捺住怒气写的,着墨不多,而光景如绘,笔分直曲,却都是如司马迁所说的"大抵圣贤发愤之作",诗人不会自命圣贤,但在这里,他愤某些人昨之整人,今之伪善,怒某些人的狐假虎威,诌上压下,公权私用,害人祸国:乃愤天下之公愤,怒天下之众怒,是愤其所当愤,怒其所当怒,在公众中获得极大的共鸣,是理所当然的。

荒芜自称写的是打油诗①,但他的嬉笑怒骂绝不是插科打诨,他旗帜鲜明,一开始就张言"日写小诗三两首,官僚头上试开刀"②。他虽也温和地批评了类如"软骨症","长安市上千千柳,舞损腰肢太可怜",也涉及日常生活中的种种消极现象,而他的矛头主要是

---

① 荒芜说:"我还发现,打油诗,至少在现阶段,是一个非常锐利的武器。在肃清'四人帮'、封建主义、官僚主义、特权阶层的思想余毒方面,特别有力,特别有助于及时反映现实、指摘时弊、鼓舞人心,添一点炭火于寒冬、涂几笔白粉于鬼面。"
② 荒芜又在《高莽兄来舍画像,书此自嘲(二首)》之一中说:"年写小诗三百首,半抨文霸半贪官。"

指向"文革"中和"文革"后当权的新旧官僚衮衮诸公,如《为某公画像》二首就是得到广泛认同的犀利辛辣之作:

> 眼已花来耳已聋,脑瓜难免不冬烘。魂销脂粉绮罗里,身老琼楼玉宇中。可笑牛皮非马列,堪怜公子变毛虫。彩油剥尽人争看,特号当今客里空。
>
> 从来树大易招风,假药仙丹自不同。遗憾夸夸谈马列,羞人答答扮雷锋。空传西域来天马,不信南阳有卧龙,欲向辕门听《斩子》,谁知《宿店》放曹公。

我以为读者不必一一索隐指认,诗中形象固然是现实生活的反映,但"须知这是写诗词啊"(毛泽东语),故并非必此人必此事;诗人做到了鲁迅于自己杂文所说的"讲时事不留面子,砭锢弊常取类型",某公者,类型也,公约数也,是某公,却不必是这一某公、那一某公也。

这些"某公"是权力者,或更确切地说是特权者,侈谈马列,暗涉贪腐,其时权力寻租的规模、渠道和手法也许还不如今天这么厉害,但已经冒出地平线,被我们的诗人瞥见了。别的不说,十年动乱中都未停止的豪奢工程,日益泛滥的公款宴会,与民间疾苦对比是严酷的:

> ……
> 酒肉朱门疑是血,饥寒白屋久成灾。
> 更怜南海风涛险,一片哀鸿水上来。
>
> ——《珠江新咏》之一

峻宇雕墙迥出尘,墙头铁网绕三巡。
家人父子皆新贵,故旧亲朋满要津。
幕后笙歌声细细,庭前车马到频频。
对门老妇头如雪,捡纸归来当积薪。

——《杂感七首》之五

童年熟读《桃花源》,世外云山尚有村。
前度渔郎来相告,"旧时童叟悄无言。
桃林斫尽为薪火,渔网空悬挂破门。
高价食粮籴不起,更无余沥到鸡豚"。

——《癸亥杂诗五首》之五

托言"桃花源"是虚写,而《黄山杂咏》中的〈观黄山青鸾峰腰冰川擦痕〉一诗,则直指三(五)年大饥荒中受害最重省份之一的安徽:

四纪冰川岩上浮,沧桑阅尽万千秋。
诗家爱读神仙传,吾辈长怀垄亩忧。
念载三灾惊浩劫,九空十室悯黔娄。
重瞳《本纪》分明在,铁笔何人勒石头。

正是一边"台上君臣皆敌国,望中鸡犬尽成仙",一边"试向望乡台上看,今年四月有春荒"。诗人想到,所有这些都是应该刊石勒铭为纪的。他不仅写了《咄咄吟》多首,历数官僚政治的征象,他还要探索它的来龙去脉,"历史无情翻旧账,沧桑有迹认残灰",他以被严酷的现实唤醒的历史感,写了他在秦兵马俑坑边的思考和感慨:

车文空见九州同,好大从来更喜功。
万世徒怜胡亥马,卅年终失楚人弓。
焚书圯上传黄石,偶语河中出祖龙。
一炬咸阳三月火,至今禾黍怨秋风。

海滨驱石血殷鞭,北筑长城近塞边。
枉使李斯除逐客,空教徐市访真仙。
沙丘落日风吟树,博浪惊魂月堕天。
地下本来无敌国,何需兵马俑三千?

东临渤海射蛟还,一辆辒辌向陕关。
凿地早通骊谷下,置身先在臭鱼间。
阿房宫里笙歌歇,万里城边烽火寒。
十二金人无片语,看他胜、广揭长竿。

——《观骊山兵马俑》

在上世纪七十年代末、八十年代初,诗人曾自叹"回思三十年间事,都在一知半解中"。是在那三十年间,他经历了把他打成反党反社会主义"右派"的斗争,发配北大荒苦役,在完达山冰天雪地中伐木,为在建的人民大会堂提供木材,随后是自上而下发起的十年动乱,他被抄家,焚烧了他视同心血的惠特曼诗译稿,他陷入茫然之境,不过苟全性命于乱世而已。毛泽东去世,"文革"结束,他由衷地欢呼,归功于华国锋、叶剑英,并及邓小平,写诗歌颂,是出于真诚的,如:"雾霁天开华岳出,一阳来复我吟诗""华岳芙蓉开世纪,邓林桃李报阳春""昨日都门传喜讯,总戎新选上将军"云云,早在1977年7月22日夜,诗人"喜闻邓小平同志复职",就曾有诗,对邓小平以战国时燕国的良相乐毅相期了。

后来,荒芜对"文革"后的改革开放和其他善政也曾有笔墨及之,并非不分善恶真伪,一路怒骂。这有他《赠万里、赵紫阳》等诗可以为证。但他发现吏治的恶化愈演愈烈,腐败和特权扬长过市,置人民于不顾,逐渐达到不可容忍的地步:

  世纪末时翻两番,谁期物价已冲天。
  居奇公子操常算,浮海王孙善挣钱。
  十万黄金飞岛国,千年宝鼎上楼船。
  文成五利犹如在,忍怪刘郎好大言。

  长安大贾今何似?皓齿朱颜美少年。
  昨夜后堂传一语,今朝金价已三迁。

——《长安大贾》

荒芜作为诗人,作为知识分子,作为公民,即使是作为曾被划归敌对的异类,他最放不下的是一片忧国忧民之心,他虽然早年追随过共产党,却不曾入党,但他也难放下忧党之心:一则忧"文革"

中大肆猖狂的封建法西斯主义影响未消:

> 覆车未远求殷鉴,余毒犹存是隐忧。
> 何止八千亲子弟,仍持符节遍神州。
>
> ——《金台怀古》

二则忧封建法西斯亦即皇权专制主义老根犹存:

> 一言堂与终身制,哪吒脚登风火轮。
> 主义变形新特点,千年封建老粗根。
>
> ——《咄咄吟》

荒芜并在为戏画题诗的《〈打金砖〉》中,借东欧那盏"明灯"更深入具象地揭示了"封建老根"的表里:

> 有个小国芝麻大,关起门来自称霸。人民瘦得骨嶙峋,遍地都是集中营。文有老谢武老巴,一个一个宰掉他。从此安心坐天下,父子相传鬼打架。我看《打金砖》,只觉心里酸。一千八百年,历史打圆圈。姚期邓禹与杜茂,元老功臣全杀掉。阴险心理揭得妙,借酒装疯天知道。一条藤上俩苦瓜,一丝一毫都不差。封建老根挖不断,金字招牌扯卵蛋。
>
> (附:韩羽先生原注剧情:《打金砖》又名《二十八星宿归位》、《汉宫惊魂》等。刘秀得帝,以莫须有罪大戮姚期等功臣。宗祠中,群臣显魂,马武魂怒以金砖击刘秀。)

荒芜,这位接受过欧美现代思想熏沐的知识分子,像他那一代众多读书人一样,也受过中国传统教育的陶冶,这便不难理解他以身许国的宿志,还在《五七年错案得平,感赋》中,就有感人的诗句,"回看娇女开新酒,笑伴童孙画小鱼。但使片言能活国,甘心轻掷老头颅。"而他认定"写文与作诗,立言贵不朽。……上以拯斯民,下以挞群丑。不做应声虫,蝇营与狗苟。"于是他"不写风花雪月辞,苍生霖雨系相思。欲将一管狼毫笔,直指千秋鬼魅祠。"(《感怀十首》之四)。他重视他这一枝独立诗笔的社会功用,尽管他没有高企"匕首和投枪",但也要针对一班狐鼠和变色龙,以戳穿鬼魅的假面为能事。

他的这一诗歌主张,在被顶头上司(中国社科院副院长邓立群)身边工作人员(秘书元石)1980年发文声讨酿成"诗案"的《论诗》一首中早就公之于世:

论诗岂在平平仄,余事方关对仗工。立意总为老百姓,放歌羞唱一窝蜂。色添蓝紫青红外,味在酸甜苦辣中。近代声名尊郁(达夫)柳(亚子),前朝笔墨数王(安石)龚(自珍)。台前扫尽空谈派,坛上何来变色龙。小犬吠声矜意气,狐狸并问亦英雄。

这首诗的末句"狐狸并问亦英雄",典出于"豺狼当道,安问狐狸"之语,当是既打老虎,也打苍蝇的意思吧?这样的参与激情支持着由于曾经超负荷苦役而衰病的身体,更支持着他十分旺盛的斗志,他不但自己写他自称的"打油诗",更与苗子、郁风、陈敬容、韩羽等一起合办《诗歌画》精美期刊，那时候复印机不普遍，他还为书法绘画的摄影制版奔波于市。

从他《感怀十首》之九，可以看到写诗已经成为荒芜晚年生命的主要部分：

> 何曾有意作诗人，百折千磨劫后身。
> 海国风涛畴日泪，关山戎马故园心。
> 苦吟渐觉须眉白，久病方知子女亲。
> 一字未安眠不得，残宵和梦写真真。

然而，一边是时弊日深，令人失望，要写诗来讽刺，怒不胜怒，写不胜写；一方面却又是言论空间日蹙，正如诗人《长安杂事五首》之四所写，"（创作哄传有自由，一场欢喜反生愁。）去年寄出诗三卷，尸骨无存砍了头"。诗人痛感自由之可贵，他在上世纪四十年代举家奔赴华北解放区，不就是相信我们要建立一个独立、自由、民主、富强的新中国么？几十年过去了，他在1987年写下"三十八年不自由……黄了青春白了头"的诗句。

两三年后他怀着异样的心情去异域探望亲人，或是兼有怀旧之意吧，却除了一首《乡音》，没留下诗来。回京以后，这位孤高、峻急、狷介的老人，陷入沉默之中。只从他身后被亲人发现的片纸只字，如"世事炎凉只自知……输了人生一局棋"，可以窥见其绝望的心境。

九十年代有一天，为欢迎远道而来的广州诗人李汝伦，在方成家相聚，有钟灵、牧惠、舒展和我，想到荒芜久不见，临时接他来会会老友散散心,他欣然而来,但一席无话。

后来,距荒芜悄然辞世前不久,我去他百万庄家中看望,他仍然没说话,只给我看了他写在纸片上的一首五律:"老病无生趣,真成木乃伊。懒吃三顿饭,怕写一行诗。世事由它去,平生只自知。但求归八宝(按指八宝山火葬场),斩断藕千丝。"

荒芜就这样决绝地拂袖而去了。然而他遗留给我们一卷"怒诗",堪称诗史,可为镜鉴。如果用他的话说,前三十年输在"一知半解",那么后来若干年,他终于走向大彻大悟了。

2012 年 11 月 3 日

致冯立三·谈当代旧体诗

立三兄：循"先易后难"原则，先答你所提关于《红楼梦》人物诗一问。

我没有刻意要咏《红楼梦》中人，1963年为纪念曹雪芹，"北昆"演出王昆仑王金陵父女合写的《晴雯》，我有诗赠金陵，后收入诗集二首云：

蛾眉亦有横眉日，一女独违众女心。
诔到芙蓉眦欲裂，怒书原不作哀音。

暖树争栖入画图，何如振翮下平芜。
曹侯辍笔真堪怃，谁破豪门释女奴。

聂绀弩自称斋号"三红金水"，是他花功夫研究的四大名著。他不少诗中涉及水浒人物，甚至包括董超薛霸，也专门咏过几位水浒人物，意在寄托；但不记得他写过红楼人物的诗[①]。

[①] 此说不确。后来我重看聂集，绀弩有咏红楼人物诗。——邵注，2017年4月5日。

我没有留意过关于红楼人物的旧体诗,就如我读"红"时,见他们在诗会上各逞才情吟诗联句,多半也是一掠而过,引不起太大的兴趣。这就是我读书不认真之过了。

现在来回答你对当前的"古体诗"如何估计的问题。

若求正名,还是"五四"以来因出现白话诗命名新诗(最初似是称新体诗,后简去"体"字),相应的把传统的古典诗歌一揽子称为"旧体诗",较为恰切,也较为明确。最好不称"古体诗",因为这个三字概念早有专属,即文学史上相对于五七言律绝之称"近体诗",而把此前的古风,不讲平仄对仗等"新颁"格律的五七言包括杂言的歌行称为"古诗"或"古体"的。因此说今人写"古诗"固然不通,说写"古体诗"也容易混淆不清。至于有人标榜"新古诗",更属别出心裁,我曾开玩笑,说是"川北热凉粉,江东活死人",对如此创意的人失敬了。

官方或官方支持倡办的各级旧体诗组织,一律称诗词协会,把习称"诗余"的词,后来的曲,按谱填的,别创新牌"自度"的都包容进来,还是明白之举,也就是以"诗词"涵括传统诗歌吧。

你一向搞现当代文学,不意你也注意到当代文坛上涌现诗词大潮这一现象。其实这仍是长期以来旧体诗被排斥于主流之外的反拨。"五四"当时在提倡白话文同时扩展出白话诗,又在新文化运动中,把胡适的"文学改良"变为陈独秀的"文学革命",随之也搞了一个诗歌的革命——"革命"者,革故鼎新,另起炉灶之谓也——不免简单化,以建立在现代白话基础上的、"打破格律桎梏"的新体诗,夺了旧体诗的主流地位,谥之为庙堂的、贵族的死文学,死诗歌,扫地出门,一统天下。当时年青的新诗人们,有革命的豪情,却无多元化的见识和胸怀,一时意气,与传统分道扬镳。殊不知写诗不像执政,有人夺了印,抢了权,原来的大小官们只得下野,不再上班。而那时写熟了古体近体长诗短章的老诗人们不受此限,照样结诗社互相唱酬,不用说同光巨擘陈三立,就是他的孙子陈寅恪,也没人能禁止他写旧体诗,革命阵营的柳亚子还与他的南社友人定期聚会,于右任且带了一批学生(其中就有后来在西北大学执教的霍松林),甚至左翼的鲁迅、李大钊、陈独秀本人都时有旧体诗之作,而鲁、李还偶然写过新诗,陈独秀却是根本没写过一首新体诗的。当然,鲁迅在《肥皂》中写"假道学"四铭先生等还结诗社赋得女乞丐之为孝女云云,这是鲁迅深刻过人之处。

所以"五四"以后的中国文学,实际上还是所谓新旧文学共时性的双轨并行,要说文坛,其实也有两个。一直到1949年,不但国民党和中间派的报纸上,经常会发表旧体诗,就是左派的报纸上,诗词也断续可见。因为延安除了毛泽东曾写诗词外,还有被称为"十老"的诗社。延安十老之外,晋察冀边区的于力(原燕京大学的董鲁安教授,他是于浩成的父亲),还有化名左海的邓拓都在党报上发表旧体诗。

因此,写"五四"以后的中国文学史,只谈新诗,不涉旧体诗一个字,视若无睹,是偏见,也是一种"左派幼稚病"。就如执"五四"新文学乃"革命文学"之一柄,把除所谓"革命的、进步的"作家的小说、剧本以外,全都一笔抹煞,好像世界上没有过张恨水,也没有过徐訏一样,长久看来,是站不住脚的。

而1949年后,在1957年重新发表毛泽东诗词之前,长达九年的时段,党报党刊上顶多偶然发表黄炎培、郭沫若的旧体诗,倒还是如毛后来所说是"以新诗为主体"的。

因毛诗的发表,古典诗歌的爱好者们一时受到鼓舞,以为解了对旧体诗之禁。1958年后,在大搞"新民歌运动"的同时,一方面大事批判自由体新诗(包括提倡新诗格律化的何其芳等),一方面鼓吹毛泽东"在古典和民歌的基础上发展新诗"的片言只语,而他的另一片言只语也在悄悄流传,即"给我一百块大洋我也不读新诗"云云。由此至"文革"结束,人们发现一切围绕着"大树特树毛泽东的绝对权威",则"大树特树毛泽东诗词的绝对权威"自成题中应有之义。毛诗大量选入课本,中小学生除毛泽东作品之外,几不知诗词尚有别家(或者加上郭沫若吧)。大学生陈明远早慧能作新诗,被郭沫若视为弟子,后有所作七律若干首流传,辗转传抄后,竟被误认为毛诗,于是"文革"中以陈"伪造毛诗"入罪。

1976年4月清明前后的天安门事件中,大量招贴以诗体抒发激情,其中除少量新诗外,多是短小押韵之作,其中有少数成熟的格律诗,然从整体观之,这次号称为诗歌运动的成就,还应主要从政治标准加以肯定,它反映了广大群众对执政当局的严重不满,几近火山爆发之势。

"文革"结束后,长期感到压抑的旧体诗作者和传统诗歌爱好者,乃有解放之感。随着思想解放运动,新诗垄断打破了,报刊开始为旧体诗开门。翻译家荒芜是最早打破坚冰的作者,他陆续发表以"纸壁斋""麻花堂"冠名的"打油诗",多咏时事,从揭露"四人帮"入手,旁及当时的"震派""风派",均在讽刺之列,进而抨击时弊,无事不可入诗,并为此得罪不少人。与此先后,聂绀弩的"地下文学"主要是1958年后所写的诗,在香港出版。随后由出口转内销，广受赞誉，在人民文学出版社出版诗集时，胡乔木竟放下身段，主动为诗集作序，争夺话语权。经历次政治运动特别是"文革"十年的文字狱，不愿阿时附势的作者，其作品多成"抽屉文学"，也就是后来人们说的，必须逃避搜查的"地下文学"。而在"地下文学"中诗歌项下，新诗作品有限可数，倒是旧体诗遍及城乡。其中一部分沉潜在农村乡镇（有的是老家，有的是流放地）的老作者，因天高皇帝远，不在重点监控之列，易于漏网，而他们一则素有格律训练，二则身在基层，艰苦备尝，体验殊深，他们的"地下诗歌"一经晾到地面，立即为知音者所激赏，如胡遐之，如董月华，如熊鉴，朱帆，以至江婴。他们的诗有骨有肉，有歌哭涕泗，有思想灵魂。黄苗子、杨宪益虽属名流，曾拘囹圄，饱经锻炼，其诗固称打油，功夫已炉火纯青。他们与聂绀弩诗风略近，可以理解。还有一位从七十年代起迄未因环境险恶搁笔的，即被囚于秦城监狱的老革命李锐，他的《龙胆紫集》堪称一代诗史。关于李锐，无须多作介绍了。新近发掘出的老革命牟宜之，二十年代流亡日本即有诗，1957年打成"右派"后诗作残稿尚存一卷，极可珍视，非仅以其身份也。

应属这一系列的诗人，有一位不可遗忘的，即从东北南下广东的已故诗人李汝伦，他学养深厚，见解卓异，如关于三峡工程他是坚决的反对派，关于以农民造反为中国历史动力之说，亦坚执不同意见，均有专文问世。而他的诗，题材广，体裁备，意境超拔。他主持《当代诗词》编务期间，因李杜杯授予刘梦芙咏李白诗首奖，并有多篇讽喻诗获奖，遭某省诗词学会负责官员政治性批判，而他一贯主张诗歌的多样性，反对阉割诗歌的批判作用，力疾撰文，痛加驳议，不向语言暴力屈服。这是应该载入当代诗歌史的一页。虽然这于他大半生与诗同行的历程中,不过是一个小插曲。

另外,在五十至七十年代漫长的低压时期中,还有一个坚持写作旧体诗不辍的群体,可以称为学人诗的。如1977年即因车祸去世的女诗人沈祖棻,还有程千帆、吴小如,以及安徽的丁宁女士(近闻黄山书社出版了她的遗诗集)等(许多文科乃至理工科高级知识分子,都擅写旧体诗,如黄万里、张良皋、高介华,还有袁鹰、屠岸等),在七十年代八十年代之交《诗刊》上还曾发过一些老人的旧体诗稿,也多半是长期沉埋,而功力甚厚,可惜多只见零金碎玉,没得到结集出版的机会。

以上点名提起的,是我所心仪的老一代诗人。这样的点名,总是挂一漏万。比如八十年代出版的九人合集《倾盖集》,实际上也是一朝出土的"抽屉诗",艺术上属当代一流。其中如舒芜不但自己精于此道,而且十分热心,曾在《文汇报》撰文,为聂绀弩为首的上述诗歌群体的作品张目。他并曾建议三联书店出版"今诗话丛书",后因出版方考虑销路,将丛书方向改为关于新诗的内容,所议未果。

新诗人而改以旧体为主的程光锐、刘征,前者以健康原因所写不多,然所作固守诗格,不媚时流,篇篇可读;后者写新诗时以"寓言诗"名世,可能因此在旧体中便着重抒情,纪游,少涉时事,而诗艺纯熟,远在一般水平之上。

从事聂绀弩诗歌研究的,如广东何永沂,北京王存诚,还有张宝林,都是时见佳作的诗人,且都不同意把当代旧体诗写作赶到"温柔敦厚"诗教里圈养,他们的诗无论痛快或含蓄,都能搔到时代痒处,得到读者共鸣。民间诗社中突出的作手如马斗全、王玉祥因不愿追随馆阁时尚，不得不自树一帜。

比他们更年轻些的，人数渐众，我只举一位八十年代出身于北大、清华的徐晋如，他出版过诗集《胡马集》，有思想，有怀抱，有文采，有功力。他的诗歌主张具见于他的诗序，以及他为在校大学生写的诗歌教材。他是极力反对当下某些"主持诗政"者，在对诗歌传统一知半解情况下，就主张对旧体诗滥施什么"改革""创新"的。

在各级官办的诗词学会里，也有一些真正热爱古典诗歌，写作旧体诗亦有造诣的成员和干部。在民间，包括普通城乡居民，一般干部和退休人员里，都有古典诗歌爱好者和旧体诗词习作者，他们的作品发表在他们自发的诗社自办的刊物，以及各级诗词学会的刊物上。这是一个庞大的存在。

我在《诗刊》工作时，对新诗与旧体诗的宏观情况都有所关心，现在则只是作为个人阅读的一个领域，只凭个人的审美指向，不再注意所谓全局的情况。所以我无法对当下旧体诗总的形势和趋向做出估计。有两句话，对旧体诗或新诗的大量作品都是适用的，一是：凡以功利之心为之的，必无佳什；二是，由于写诗一要天分，二要相应的文化基础，所以总有些当作诗写出来的，并不具备诗质、诗味，或索性不是诗。

要对当代旧体诗进行研究和估价，最大的麻烦是占有资料十分困难，因为许多好诗，即使得以面世，往往不是境外出版，就是自费印行，印数也不多。大量可见诸报刊和公开出版物的，则往往泥沙俱下，更充斥着歌功颂德的应制诗，贺节赶会的应景诗，干脆说都不是诗，看了令人恶心，败兴。

我只能向你提供这样一些个人观感，聊供参考。好在你不会往深处走，一旦陷进去，是要赔上大量时间精力的。

你上网吗？我不上网，友人偶然转来网上的旧体诗，却也有令人惊喜之作。让你感到中国的诗歌，无论新旧体，无论纸媒荧屏，无论海内外，无论老中青，都是有希望的。希望尤其寄托在四五十岁以下的年轻人身上，他们当中会产生杰出的诗人和作品，但可断言，这决然不是官方以什么大奖、基金所能"扶助""培养"出来的。

拉杂写来，就此打住。匆祝

体健神安！

燕祥上　2014年2月12日

诗酒忘年怀罗孚

我长期住在北京,罗孚长期活动在南方;1949年后大陆很难看到境外报刊,我在1957年"反右派"斗争成为异类以后,更不敢问津了,跟大家一样于香港也是很隔膜的,故不知罗孚其人。那时候,一般人看境外的报刊,就如听境外的广播叫"收听敌台"一样,是可以定罪,至少要批斗的。

1982年,罗孚被絷事件,以一条简讯的形式刊登在内地报上的新闻版,似乎用的是罗承勋的原名,也没有引起我格外注意。当时我已到《诗刊》社工作,每期有两页版面发表旧体诗。因电台老同志顾文华的关系,同在港的老报人、诗人、杂文家、小说家高旅有了信稿往还。后来高旅推荐他的老友聂绀弩的诗来,忘记为什么,他又给我留下"史复"的通讯处。于是我跟从未谋面的史复先生也有了书信联系。这都是1984年底以前的事。因为在那年底,我就向中国作协"请长假",不再参与《诗刊》编务了。

不过我知道了,有一个以老诗人、老革命又是老"反革命"聂绀弩为中心,加上香港高旅、北京史复的铁三角。忘了什么时候我发现这位史复又名"史林安"。直到学林出版社出版了罗孚编注的聂绀弩诗,我终于得知,史复、史林安都是罗孚的化名。——罗孚其人这才开始在我的视野浮现了。

离开《诗刊》后,兀自写我的杂文随笔。我不善交游,又要避嫌(当时有人怀疑我拉拢中青年诗人,妄图颠覆某某新诗大佬在文学史上的地位,云云),因此躲进小楼,深居简出,实行"惹不起咱躲得起"的犬儒哲学。直到有一次偶遇杨宪益,他知道我跟他令妹南京杨苡很熟,让我有空到百万庄他家去玩,这样我遂走进了一个既远离多事的新诗界,而又尽是北京文化人的圈子。

"百万庄中酒正釅",可能就是在杨宅跟罗孚见的第一面。这是缘分,聊天缘?翰墨缘?诗酒缘?

在宪益家,茶总是沏好一大壶,但那茶是聊备一格却不能认真喝的,尤其不能代酒。一进门,主人就问你喝什么,白酒还是威士忌?他是以酒当茶待客的。话题常也不免从问他又写了什么打油诗开始,即所谓"莫谈国是谈诗事,酒酣不觉漏迟迟"。检阅我的诗稿,与罗孚有关的打油诗,数量竟仅次于我与谊兼师友的吴小如的唱和。

这也许由于罗孚一再表示过对我之"打油"的兴趣。年近古稀的老报人不但博闻多识,且对诸多事物都表现出好奇和探究的愿望。他向我索取打油诗的手稿,后来写了挺长的文章来揄扬,这就是他署名程雪野的《燕山诗话》之一节。

人的相聚是有气场的。杨宪益跟我们这个圈的交往,当然首先基于他的人格魅力,多少也与他打油诗的感召有关。我记得有一年随霍松林、毕朔望诸老赴常德诗社笔会,那一阵子,因为大家天天谈诗,写诗,我也被感染得一天不落,是平生得诗最多的时段。宪益这个圈子也是出诗的地方,或更准确地说,出打油诗的地方。

百万庄外文局宿舍的这户杨家,1990年后,年轻人来得少了,小说家们少了，多的是六七十岁以至七八十岁以上人，一个个谈锋甚健，天花乱坠，我在其中还是"小"字辈，常常感到恍如走进了《世说新语》的言语吐属一门，隽言妙语，不胜撷拾。罗孚身在其中，一袭洋装的绅士派，开口却成了一身书卷气的真名士，是书生本色，又经过几十年的风雨，应该承认在读书人的眼中，他也像其他老人一样，是能吸引人听他款谈，愿与相交的。在我们这些大陆人的感觉中，他虽曾为大报老总，并没有一点官气，有的是使读书人亲近的书卷气。我想他在香港的文化界，左中右各方面都有朋友者或亦以此吧。

罗孚从谪居北京十一年回到港岛后，写过《北京十年》，历数他接触过的此间主要是文化界的朋友——当然不限于我所亲历的这个小小的圈子。他的采访面和交游面比我广得多，所遇自也不少是《世说新语》中人，扩而大之，他有时也犹如走进了《儒林外史》吧。他的书生气使他适于在这样的天地里遨游，一旦步入《官场现形记》或《二十年目睹之怪现状》，怕就缺乏手段，纵有招架之功，却无还手之力。他在地下工作中的老领导廖承志，那时友好地称他为"罗秀才"，但谚云"秀才遇见兵，有理讲不清"，殆为一定形势下的宿命乎！？

话说远了，扯回来。我知道罗孚也写旧体诗，但不轻易示人。我希望他的家人能在他的存稿中找到他的诗，不但有旧体，应该还有早年的新诗。

我读罗孚文章，每到酣畅处，就想，他写得这么多，这么快，面这么宽，观察这么细致，应该得益于记者出身。但有些做记者时间长了，提笔就来的是"通用"文字，没有感情色彩，更没有个人色彩，那就无足观矣。罗孚有旧学根底,笔下常有意在言外处,读来有嚼头,回味有余甘。他既是报人,又是阅历丰富且好学深思的作家。他本是读书种子,少年投身报业,长期在"大公""文汇"这样的文章渊薮熏出来,抗战胜利后不久转移到香港,虽加入中共,但并没在解放区或大陆的新闻机关干过,他办报面对的读者主要不是党的干部,报纸的任务不是代表上级党委向下属的干部群众指导工作和生产活动。因此天然地少"公家"气,报纸出来要走市场,一副官样文章卖给谁看?我在大陆见习过几年新闻工作,看了罗孚的文字,就悚然惊觉,我至今也还没完全摆脱"新华体"的影响。近来偶看境外例如香港的媒体上,有时也出现类似的品种了,是我没想到的,恐怕也是罗孚没想到的,不过,他也用不着想这些了。

我倒是希望我们大陆上写杂文随笔的朋友们,也能像一般读者那样,拨冗一读罗孚的文章。这要感谢中央编译出版社出版了罗孚的七卷文集。文集经著者授权,而且据编者说明,有些文章经作者改订,有些则由出版方"受作者委托作了修订"包括"删节了部分内容"。不知香港读者怎样理解,反正我辈大陆读者都知道这是怎么一回事。不管怎么说,还是要感谢出版社,他们毕竟把七卷大作捧到读者面前。不过,我近来因为好像也到了"近黄昏"时,常不免想,一个作者晚年写东西或编集子,有几分像是留遗嘱,如果这份遗嘱是自己一字一字写就,却有高人来指点,这里不妥,那里宜删,即使老人首肯,那心里的滋味好受么?话又扯远了,打住。

向一位缠绵病榻的长者,再侈谈"遥祝健康",好像成为讽刺了,那就遥寄一片怀念之情吧。

2014年3月10日,北京

燕祥7月10日附笔：四个月前听说罗孚老人病危，写此文以寄怀念，不到两个月后，老人就在5月2日去世，享年九十三岁。只能祝他安息了。

再说罗孚

关于罗孚,话是说不完的。就如人们常说的,"说不完的谁谁谁",罗孚亦若是。

一个人,活到九十多岁,时间跨两个世纪,空间跨南方陆港,而活动于上层建筑领域,曾徙倚华洋之界,出入"敌""我"之间,羁京多年,又返港岛,生平不可谓没有一点传奇性了。然而你若亲见他,却绝不像个张扬的风云人物,他是如此平易的一介书生,和蔼亲切,谦恭有礼。所谓文质彬彬,在古代叫君子,在外国叫绅士,在中国当代叫有教养的人。

作为一位老报人,罗孚从抗战时期到八十年代,从桂林、重庆到香港,参与并主持名报如"大公""新晚",团结、依靠报馆内外的作者,赢得广大读者。倡议连载新武侠小说,从而推出梁羽生、金庸等杰出作手,并通过约稿促进了大陆与港岛间的文化交流(他保留的周作人来信等文献已经捐给中国现代文学馆收藏)。

作为中共一员,罗孚不负使命,为新政权在港岛广交朋友,沟通各界,取得人所共见的影响。而在软禁北京的近十一年中,仍不废笔耕,既写了不少关于香港的人文旧忆,又写了大量有助于港岛读者了解内地的散文通讯和随笔小品。他和高旅一起把聂绀弩的奇诗介绍到内地,他搜罗辑佚完成的《聂绀弩诗全编》为后来侯井天先生所做更完备的全编会校会注会评本打了前站。

作为一位散文随笔作家,罗孚留下大量出色的作品。不同于一般所谓报人文字,一般的花边专栏。因有思想文化底蕴,而绝无八股腔,他笔下这些是真正的文章,理路分明,且富作者个性;既具文学性,又有可读性(本来这两者并不互相排斥);虽是纪事而决非流水账,于思辨议论中笔锋常带感情。仍可见出报人职业性格的,即他的话题,包括历史话题,多与现实密切相关或遥遥呼应,而他的眼光,用人们今天的说法,是极具穿透力,评价过去,每有人所不及见的见地,涉笔未然,往往不期然地成为预言。罗孚作品读得多了,你会发现在其散文随笔小品中隐藏着一个政论家的身影,虽然尽力保持着低调。

今天的读者除非研究人员,都不会读到他旧日主编的报纸和副刊了。今天的读者尤其不会去翻陈年卷宗,考察他当年执行"统战"任务中的功过了。尘埃落定之后,我却要学着罗孚当年的名文名言"你一定要读董桥",说:"你也要读读罗孚!"我不说一定要读,甚至可换更缓和的语气,只说"你不妨读读罗孚",因为我知道今天的读者尤其是年轻的读者,最烦人说"你要""一定要""必须"和"应该",这些会激发逆反心理。

2011年底,为罗孚先生九秩晋二祝寿,我写的一束韵语中,涉及他生命中的北京时期,以及有关这一时期的写作:"名姓从来不值钱,罗孚忽变史林安。柳苏(按:这一笔名取义于曾遭贬谪的柳宗元、苏轼)流落千秋痛,行到燕山亦偶然。""体验生活语近奢,半是囚徒半作家。磨难磨人兼磨墨,笔泻珠玑气自华。""百年日月竟穿梭,九十流光一扫过。定庵诗句随园笔,南冠文事未蹉跎。"要读罗孚,首先是读他在北京所写关于北京和香港,还有离京回港后回忆北京的文字,这些作品中的文化信息(从历史角度看就是史料价值),都是无可代替的。这在罗孚整个写作生涯中,也是极重要的一部分。当然,如果说是流囚生活使他有了这些收获,好像是歌颂苦难,残酷而矫情,但若删除这一大段,于他,于陆港两方的当代散文,都会出现一块遗憾的空白。然则我们就不能不感念罗孚本人在异乎寻常的际遇中,安之若素,我行我素,保持着从容执笔的写作状态,这难道是人人容易做到的吗!?

老人卧病有年,但他仍然关心着朋友,关心着文事。前年夏天他还来信,赠我《双照楼诗词》最新笺注全本,垂问我对那些诗的看法。真显出了文人本色。今春三月,听说他病情危重,我写了《诗酒忘年怀罗孚》一文寄去,家人该念给他听了。没想到这么快传来他去世的消息。一时读到些朋友们的悼文,使我想起再前几年我读罗海雷写的乃父传略后,最直接的反应就是:罗孚——一个悲剧的存在。现在大家追忆故人,草木同悲,我却想掉转话头,请大家在回顾他走过的道路时,更珍重他遗留给我们的丰厚的作品,这是他的另一种存在方式。

我建议"你不妨读读罗孚",这其实不是向专业人士讲的,写散文、研究散文以至从事文学史报刊史的朋友如不读罗孚,无疑是个缺欠;而一般读者不读罗孚,无论在香港,在内地,都是阅读眼界缺了一个角,是错失了一个知识和审美的机缘,少了一份文化情趣的分享。

大家读了罗孚的《燕山诗话》,想必希望看到罗孚自己的诗词。

但正因他的低调，他的诗词，过去只因行文的需要捎带着有所征引，似乎没有单独刊发过。据罗海雷说，他正从父亲的遗物里清点诗词的散稿，已得近百首之谱。中央编译出版社预告的《罗孚文集八种》，已经一次出了七种，待出的就是《罗孚诗选》这一种了，我期待着，相信怀着这样期待的不止我一个。

  我是在罗孚先生滞居北京十一年的中后期与他相识的。现在回忆他，对他的印象，多半已经分不清哪些来自朋友的介绍，哪些来自相互的晤谈，哪些来自读他的文字了。比如有一个挥之不去的小镜头，究竟是他亲口说的，还是别人传的，早就失记，只记得——他在北京时，有一天楼上一家小孩儿到他处串门，天真的孩子说："爷爷，我们家的电视，老看你在家干事儿！"那时候罗孚还没有发表作品的权利，更没有在电视台上镜的权利，在家里干点什么事儿大概总是可以的，我想，如果看到他一天有大半天坐在书桌前安安静静地读书、写作，也就不担心老人家出什么安全事故了吧。

2014 年 5 月 20 日

读刘福春《中国新诗编年史》

《中国新诗编年史》新书发布暨研讨会，

刘福春先生并

朋友们：

我以一个中国新诗的终身读者和终身作者，向刘福春先生、向人民文学出版社祝贺《中国新诗编年史》的出版！

这部书从1918年写到2000年，已经留下中国新诗近百年前进的足迹，而我希望在中国新诗到达一百年的时候，这部大书将增补出版它的"百年足本"！

这部纪念碑式的厚重的出版物，不仅像某些人乍一过眼时不无轻蔑地指称的，具有资料汇编的意义，可备为研究者案头的工具书；而且以其功力昭示了一种可贵的治学精神，治学路径，那就是"有一分证据说一分话"，句句有出处，字字有来历，为此著者付出三十年坐冷板凳，奔走搜求，日夜兼程的努力，这在一个相当时段新诗史以至现当代文学史的写作中，都是值得称道的。四十年代末以降，曾经占统治地位的重史观、轻史料，所谓"以论代史"的治史学风，早已被实践证明其虚妄和谬误，史料不足加上曲解窜改，能够支持什么像样的、正经的史观呢？可惜遗风至今犹存，甚至发展到无知而不学的人物每就学术问题、历史问题胡言乱语。

这时,一部《中国新诗编年史》这样忠于历史、忠于学术的厚重著作的面世,让我们感到一阵强劲的清新的风——好的学风吧?

这就是应该向著者和出版者致谢和致敬的理由。

人民文学出版社在出版这部书上再次表现出值得称赞的文化关怀和文化眼光。尤其在新诗似乎已经边缘化的今天,包括人文社在内的许多国营出版社已对新诗"这一块"表现得不感兴趣,不作为或少作为,于是当代新诗出版倒真的出现了"国退民进"的态势。然而在社会阅读方面被边缘化的同时,当代新诗多元化的潮涌势不可当,其总体的成就,我以为轻易跨过了五十年代至七十年代,直追三四十年代,看不到这一点,而斤斤于经济效益的计算,恐将贻文化上短视之讥。这一点,局外人只是远远一看,(所言)未必中肯,一得之见,仅供参考吧。

希望人民出版社出版更多新书和好书。

祝研讨会圆满成功!

邵燕祥　2013年6月4日

写给牛汉追思会的信

牛汉同志从五十年代初由东北军区回北京,就到人民文学出版社工作,不久罹胡风事件之难,除一度被捕羁狱外,编制不曾离开出版社这个大圈子。这里的同仁对他的追思,一定有助于我们对牛汉获得更深更具体的了解和理解。可惜当年出版社的老人,即从五十年代初经历从东四头条到朝内大街166号沧桑的人,牛汉即使不算硕果仅存的最后一个,也是最后的极少数人之一了。还有几个人能凭亲历回叙那一段"大历史中的小历史"?

这样看来,牛汉同志晚近三十多年参与创办和主持《新文学史料》,实在是有鉴于此而预为之谋,为整个现代文学史(现代史的有机组成部分)留下宝贵的证词,功德无量。

牛汉同志的诗和散文,是独特的,具有鲜明个性的文学作品。这是白纸黑字有据可查的,他曾经参与编辑或主编的刊物,除《新文学史料》外还有《中国》,也是富有特色,在当代文学和出版史上留下浓重的一笔。

值得重视的是他进入文学界以后,与围绕文学的各项社会关系中,在相关事件中,这在《新文学史料》和《中国》编辑出版工作背后一系列的人际交往、交涉中活动着作为诗人,更作为一个"大写的人"的牛汉的身影。

牛汉经历了几十年的人生波折,犹在"苦苦跋涉"中。他经过真诚的反思,超越了世俗的身份和眼光,达到了"大写"的境界。这是值得我们后死者深思的。牛汉生前尤其晚年,视我为知己,这是我引为荣幸的。回顾他为文和为人的一生,我仍要重复那年祝寿会上说的:"当代诗人第一!"

(在2013年11月29日追思会上由史果代读)

跟着严辰编《诗刊》

作者按：今年是老诗人严辰(1914—2003)诞辰一百周年。他的生平，据我记忆，生于江苏武进，上世纪三十年代中到上海读书，写诗，步入文艺界，抗战爆发去大后方，1941年与艾青一道赴延安，后转晋察冀；其间曾下乡收集民歌，写诗，从事编辑、教学等。1949年第一次文代会后参与创办《文艺报》，并相继在人民文学出版社、人民文学杂志社和《诗刊》社任领导职务。后下放黑龙江，"文革"中被勒令提前退休。1977年重返北京任《诗刊》主编，1983年离休。一生遗有诗集从《生命的春天》《晨星集》到《风雪情怀》等多种，晚年出版《严辰诗选》《严辰诗歌六十年》。

严辰是五〇年代初为我编发第一本诗集的前辈。今写此文聊以纪念，同时纪念三十年前同在《诗刊》社的已故诗人、编辑邹荻帆、柯岩、王燕生、雷霆、韩作荣，还有办公室的周国卿、石含晋、张新芝、康世清和司机赵甫恩。愿他们安息。

我进入《诗刊》的天时，地利，人和

1978年11月1日，严辰同志写信来，说调人的事已谈通，让我赶紧到广播局文工团办一应手续，经出版局来《诗刊》："欢迎你！"

严辰要调我到《诗刊》的意向，得到新来两位副主编邹荻帆、柯岩的赞同，也得到正在筹备恢复中国作协的张光年、李季的支持。我正想离开广播局，但调令来时广播文工团压着不理。李季找了时任广播局副局长的李连庆，没解决问题。柯岩说人民日报记者顾雷认识新到广播局的工作组长张策，托张策帮忙，一个电话就放人了。

我以最快速度拿到各种介绍信，去虎坊路《诗刊》社报到。

除了严辰、邹荻帆、柯岩三人脸儿熟，进门全是生面孔，却都以友善的笑容相迎。

那是噩梦初醒、曙光微露，但远非风和日丽而是风云激荡的年头，三中全会还没开，平反冤假错案正突破阻力进行，真理标准讨论波及全国；一个似乎偶然的机缘促成了丙辰（1976）清明"天安门事件"的平反……人们满怀希望，期待着"每天出现的太阳都是新的"。

《诗刊》刚组织了一次关于"天安门诗歌"的座谈。这时筹备开一个大规模的诗歌朗诵会，为了要有足够分量的诗作，首先找了当年跟严辰一道从重庆前往延安的艾青。艾青虽寄居京城，"身份"却尚未分明，但先已在上海《文汇报》发表了封杀二十一年后的亮相之作《我们的红旗》。艾青在《诗刊》社会见了才被北京市公安局释放不久的青年工人韩志雄，他是因参与天安门悼念活动中的表现，跟一些"同案者"一起被舆论称为"天安门英雄"的。这次访谈后，老诗人以高涨的激情，出手了长诗《在浪尖上——给韩志雄与他同一代的青年朋友》。

柯岩原在戏剧界，熟悉剧院的人，得知金乃千、瞿弦和等名演员、朗诵家都在摩拳擦掌。柯岩因还要看场馆、跑批条，忙不过来，随手把艾青的诗稿交我"处理"，说太长，那就意味着必须适当压缩了。这是我此来《诗刊》后第一个任务，又面对着从小就目为先导的艾青的手稿，自然诚惶诚恐，但还是动用了我在体制内当编辑的经验，很快给删节出来，又很快经几位领导审定，交给演员去排练了。

《诗刊》社主办的这次朗诵会，工人体育馆座无虚席，人们像前年"四五"前在天安门广场上，跟着每一句诗行心动神飞，却于悲愤难抑的同时羼上了几分胜利者的欣幸。掌声不断，泪水不断。这个场地，十年前万人大会上残酷批斗过彭德怀等高级干部，以及文艺界的"黑帮"，人们记忆犹新。这天来听朗诵的，有群众也有领导，不过我认识的干部不多，散场时夜凉如水，听人喊"王子野"，我看到这位出版界的老干部眼眶还是红的。

由平反天安门事件触发，进而控诉十年浩劫，"义愤出诗人"也持续地反映到《诗刊》版面上。

与此同时，柯岩从陶铸夫人曾志那里拿来了陶铸遗作诗词，立即交给作品组组长杨金亭去编选。她又出示陶斯亮怀念父亲的长文，《一封没有发出的信》，大家读了，无不泪下。严辰、邹荻帆立即拍板：发！当时没有人像后来那样质疑，以为一个专业的诗刊，不同于时政性或综合性的杂志，为什么要刊出这一篇纯政治性的散文——是不是还囿于"政治第一，艺术第二"的标准？且不说大道理，单是编辑部三位领导个人的"文革"经历就能回答——严辰曾遭屈辱的殴打，邹荻帆右耳一下子打聋，柯岩为贺敬之被当作"黑帮"揪斗,亲自上文联贴大字报辩诬……几乎所有经过十年动乱的人,后来对陶铸一家的悲剧无不感同身受。谁也离不开政治,反抗那害人政治的政治,就是符合人民利益和感情的!过去以害人的政治压艺术不对,可也不能以艺术为名鄙弃公众的愿望和社会共同的利害啊!

我们先后找了彭德怀的侄女彭钢,还有跟彭老总关系密切的左权将军之女左太北,盼她们写写对彭老总的回忆。但她们对《诗刊》来人心存疑虑,推托婉拒。他们受骗受害太深,很难轻信陌生人。这是可以理解的。不过,假如在《诗刊》刊登陶斯亮文章后,拿给她们看,也许会打消顾忌。但那文章首发于12月号,我们则是11月间去组稿的。

于是我写信给住在邯郸的"小八路"刘真,请她帮忙。刘真立马奔晋东南,重访八路军总部旧址,12月5日赶写出一篇情见乎辞的《哭你,彭德怀副司令员》。1979年1月号刊出此文时,前面冠以毛泽东1935年发给彭老总电报中的四句六言诗:"山高路远坑深,大军纵横驰奔。谁敢横刀立马,惟我彭大将军!"诗末加注了多年前军报编者对此诗出处的说明。这条加注,令我感觉到在政治上太幼稚了。不过当时读者都从大处着眼,对这一点忽略不计。

《诗刊》总算配合了"三中全会"为陶铸、彭德怀平反的示范性举措。全社同仁(用当时一句话)可以说"心往一处想,劲往一处使",为否定"文革"出了力。

这时兵分两路,严辰和邹、柯两位一起,为在1979年1月份召开全国诗歌座谈会做准备,我则接手为1979年组版的编务,不久,"文革"前老《诗刊》编辑吴家瑾也从山西调回《诗刊》,跟我一起负责编辑部这一级"二审";1981年初夏我成了副主编,主编们有轮值,她则成了"常务"。我们想在几位领导的既定方针下,尽量使开年一期继续有所出新。

当时有两个政治口号,"抓纲治国"和"拨乱反正"。前者讲的"以阶级斗争为纲",因真理标准愈辩愈明,显然失去真理性;而"拨乱反正"施之于诗刊工作,主要是针对"文革"中泛滥的历史虚无主义,严辰、邹荻帆提出,纵向要继承古典诗歌遗产,恢复《五四》新诗精神、左翼革命文学两个传统,横向要向世界诗歌优秀遗产借鉴和学习(这一理念,也贯穿到1979年、1982年先后纪念五四运动六十周年和"延安讲话"四十周年的两组座谈会里),具体落实到评论、作品两组有计划地组稿,开辟专栏。

我们还认为不能止于简单的"反"五十年代之"正"。时代不同了。我们面对许多新情况新问题。我来前后,严辰多次反复申说的一点,就是《诗刊》一要迎接历次运动中被打击迫害的诗人归来,让他们在刊物上亮相;二是要给年青的"诗歌种子"创造破土而出的机会,包括把处在"地下"状态的诗作者引到"地上"来。这是严辰重来《诗刊》后形成的坚定想法,也化为我心目中必须完成的最高任务。

老诗人归来亮相,诗歌新人从这里出发

严辰"文革"中被勒令提前退休回乡,1977年,李季向中宣部呈报拟请严辰出任《诗刊》主编,中宣部同意,并转中组部办理了恢复严辰在职干部身份的手续。严辰到任后,带动大家使《诗刊》适应政治形势和任务的新变。1978这一年的刊物,开始打破曾经一统

天下的"帮腔帮调",在政治上和艺术上力图改变既成之局,初见成效。如白桦《我歌唱如期到来的秋天》,写出粉碎"四人帮"时的真情实感,公刘《白花与红花》坚持表达了对周总理的怀念,李瑛、未央以及新出现的曲有源、高伐林的诗作也饶有新意,当时"旅居"新疆的易中天(后来成为学者)和杨牧(后来曾任《星星》诗刊主编)还合写过富有生活气息的组诗《十月的阿吾勒》。

被长期的软硬暴力压下去的全民诗情,有如地火运行,1976年清明前有过一次喷发,再次被压下去(全国追查传抄的天安门诗歌),随后陆续以愈来愈旺之势迸流到地面。这时《诗刊》社每天的来信来稿从一麻袋增加到两麻袋,自发来稿中不乏血泪凝成的篇章。贵州作者李发模写因出身而受迫害的叙事长诗《呼声》,可以看作形象的《出身论》。

进入1979年后,有来自二十八个省市自治区的一百五十多人参加的全国诗歌座谈会成功召开。这是诗人们暌隔十年甚至二十多年后第一次大规模重逢,也是重新集结诗歌队伍的一次集体亮相。艾青、公木、蔡其矫、吕剑等老一辈诗人,五十年代涌现的公刘、孙静轩、周良沛、胡昭等中年诗人,都曾经以作品活跃一时,却以种种罪名沉沦多年,这回聚首一堂,共话人的团结与诗的繁荣。这个座谈会由严辰、邹荻帆、柯岩共同主持。

事后检点,这次会的遗憾是还有许多该来的诗人没能来。一是像受胡风一案牵连的诗人们还没有进入平反程序;二是有不少诗人如流沙河、梁南等长久沉于底层,失去联系;三是有些老诗人从1949年后搁笔多年,像后来称为"九叶"的辛笛、杜运燮、郑敏、袁可嘉、曹辛之(杭约赫)以至穆旦等,已几乎为此日的诗坛所遗忘;四是老将多,中青少,诗歌新人乃大缺口。

严辰极重视扶植新人。我自己就是他在五十年代初从投稿中发现后"拔苗助长"的。我这次来上班之前,他就问过我,听说"文革"时的"地下诗坛"有人被称为"北京的普希金",你知道吗？我那时因贱民身份,与世隔绝,对"地下"的青年诗人群一个也不认识。大约1978年末,一天吴家瑾进门就兴奋地传告,《今天》(一本民间的油印文学刊物)张贴到《诗刊》大门外墙的《诗刊》(街头版)旁边了,里面有的诗真不错！很快我也从别的渠道(忘记是什么渠道了)得到了油印本《今天》创刊号。我们选出北岛的《回答》,舒婷的《致橡树》给严辰看,他也十分赞赏。于是我把舒婷《致橡树》排进了四月号由铁依甫江开头的九首"爱情诗"中间,把北岛《回答》排进了三月号以《清明,献上我的祭诗》(姚振函诗,高莽插图)为首的一组中间。二诗引起很大的轰动,甚至引起争议不绝。然大量读者能从并不显著的位置发现这两首短小的大作,足证由"样板戏""锣鼓词"和"东风吹,战鼓擂"主导诗风的时代即将过去了。

姚振函、北岛们这一辑清明献诗及连续几期刊发的关于天安门事件题材的作品,抒情的、叙事的、政论式的,都把发自肺腑的真情跟深刻的思想熔于一炉。彻底告别假大空的颂歌战歌之所谓政治抒情诗,书写说真话的、独立思考的、有所反思的诗,"敢于直面惨淡的人生,敢于正视淋漓的鲜血"。那前后诸多新人新作,如张学梦《现代化和我们自己》,骆耕野《不满》,以至部队文艺工作者叶文福规劝首长不要滥用公权的《将军,不能这样做》,满城争说,都属于这一类型,是作者披肝沥胆的倾诉,即使有咄咄逼人的严酷批评,也蕴含着与人为善的热忱和冷静的思辨。接着出现的,关于烈士张志新的多首悼诗和关于刘少奇平反的诗,既适于在广场朗诵,也适于个人默读,因为无论是控诉,是辩护,都基于对历史的沉思,对现实的追问,对未来的选择,而不仅是一种亢奋情绪的宣泄了。

从辽宁爆出有关张志新的新闻,实际是一件旧案:四年前在那里以极其野蛮的手段杀戮了坚守良知的女共产党员、知识分子张志新!新闻传出后,青年女诗人孙桂贞(伊蕾)在1979年4月7日晚至8日凌晨,用女性的笔喊出了诗的抗议:《一个死刑的判决》。北大七八级新生、从江西来的熊光炯诗题就是:"枪口,对准了中国的良心!"

从学习李瑛情景交融的部队生活抒情诗起步的军旅诗人雷抒雁,也按捺不住,一改温雅的节调,从一个党员内疚的角度,写出了如泣如诉的抒情长诗《小草在歌唱》,唤起读者普遍的共鸣。他很快接到大量来信,其中一封寄自四川成都,对这首诗作了精准的分析和极高的评价。许久以后,才知道是胡风易名写的。他当时还没平反,却已情不自禁就诗发言了。

为了纪念张志新,《诗刊》还刊发伍必端教授石版画《临刑前的照片》,同时配发了当时腾传众口的两句箴言式的诗句:

　　她把带血的头颅放到了天平上,
　　使一切苟活者失去了重量!

因不知作者是谁,代署了"无名诗人",后来才知道这位无名诗人乃是有胆识有文采的中年记者、诗人韩瀚。

在这之前,早春二月,诗歌座谈会后不久,组成艾青、邹荻帆领衔的诗人团队,沿广州、海南、上海、青岛一线海港采风,一路新作集成《大海行》专辑,陆续刊出。这个团队中出现一个陌生的名字:傅天琳。她当时三十三四岁,已经有了十七年工龄,1961年中学毕业,因出身关系不能升学,被分派到重庆北碚一个园艺农场劳动。小女工在栽植、灌溉、剪枝,培育甜味果实的同时,潜心读书,在诗的园地种出了带苦味的诗歌。严辰从分片编辑选出送审的一组自发来稿《血和血统》,发现了天琳的才情,了解其生平后,把诗稿交给我们编发四月号,同时直接写信鼓励她。又建议让她跟着采风团队沿东南海岸线走一走,开阔生活和艺术的眼界。傅天琳不虚此行,她写了《橘子的梦》,梦见大海了。严辰提议以《诗刊》社名义请重庆有关方面考虑适当重新安排傅的工作,这样天琳得以进了当地文化馆。直到她以果园题材别具一格的诗集于1983年春获全国奖。后来她的诗艺在学习和探索中有时稳扎稳打有时大幅度跨越。我们从历年《诗刊》青年作者身上都看到这样的足迹。

诗和诗人的路从来不是平坦的

严辰交给我编入1979年4月号的另一首年轻人作品,却是另一样的命运。诗作者寥寥,老延安文艺家张仃、陈布文的小儿子,张郎郎的弟弟。我知道郎郎七十年代曾判死刑,寥寥的遭遇不大清楚,但他以《我们无罪》一诗代言了一代人的觉醒。我理解此诗是否定"文革"的,自然照发不误。这时柯岩提议让我跟她搭王震将军南下的专机,一起到邻近中越边境的南方去,我在四月号刊物整体由严辰签发后放心了,就在4月1日成行。3月末邓小平刚在理论务虚会结束时做了关于"坚持四项基本原则"的讲话。到桂林一下飞机，柯岩就向我严肃强调这一讲话的重要意义，并索阅四月号刊物的清样。她稍加浏览后指着寥寥的《我们无罪》问："这篇稿子哪儿来的？"我如实说是严辰从张仃夫妇那儿拿来的吧。也许她为给严辰留面子，没说撤换的话，只叫我"按四项基本原则改"！我领了作业却难下手，它不像艾青那首长诗中有像"反对个人崇拜！"这样赤裸裸的口号，是明显不能在可容万人的工人体育馆当众朗诵的。而寥寥这首诗，真实地抒发了"文革"中成长的年轻人对自己被耽误的时间和生命的痛挽，对受骗上当的悔恨，这正是今天跟全党全民一起反思，并振作起来投入新时期、拥抱新生活的思想感情基础啊，能说是不利于"坚持党的领导"、不利于"坚持社会主义制度"吗？柯岩于是坐在旁边，她口述，我落笔，删！还好，有减无加，然后她联系军用电话，由我连夜口头传回北京编辑部秘书组。好在不是撤换，且原诗为准楼梯式，排疏朗一些就行了。

经过这一次紧张操作，我佩服柯岩政治上的敏锐和坚定。她善于领会领导意图，举一反三。她对自己创作和经手的作品要求恰如今天所说的"正能量"，不过那时还没形成这一概念。连"主旋律"之说（是贺敬之首提，还是冯牧首提，尚在争议中）也还没有提出来。当时在改革开放、解放思想的滚滚热潮中，虽泥沙俱下，人们对主流还是有共识的。柯岩对随后面世的《小草在歌唱》《将军，不能这样做》全都认可。张志新的报道虽然在舆论提出"谁之罪"后刹车了，但因具体针对的直接责任人是"文革"中辽宁的当权者，一时相安无事。但叶文福的诗"将军……"，涉及部队现实的特权，而且对号入座的似不只一二，于是时闻抗议之声。这也通过作协传达过来。稿子是我发的，可能社领导有意让我回避，我遂再未与闻其事。这个纠葛一直发展到事隔经年，1981年5月《诗刊》要为中青年优秀诗作评奖，总政文化部部长刘白羽听了什么消息，写长信来，缕述"将军"一诗的消极影响，坚决反对为之颁奖。《诗刊》与作协党组，尤其与刘部长之间的斡旋和应对，似主要靠严辰和邹荻帆出面。以《诗刊》社名义写了封更长的信回复刘部长，发出去了。我许多年后读到，看文风像是吴家瑾起草的，有理有节。正式授奖名单中保留了叶文福，但篇目换了叶的"主旋律"《祖国啊，我要燃烧》，原刊于上海《文汇月刊》，连同另一首《凤愿》，写作日期为1979年4月16日、18日，与"将军"一诗的产生相前后。《诗刊》也转载了，在这之前，还约请了解放军文艺社编辑范咏戈评叶文福诗集《山恋》(1968—1978)，文题为《面对战士，面对生活》。编发此文用意也无非是提醒衡人要全面，切勿因一时一事一文一诗而把一个人一棍子打死。主其事的严辰、邹荻帆和大家都对因文废人和因人废文的惨痛教训闻见得太多了。

后来，大约1981年，长春有几个年轻人，自发结合，油印了一份"同题诗"的小册子，名叫《眼睛》，每个人写一首关于眼睛的诗，看谁有新意、写得好。不幸赶上了取缔"非法刊物"和"非法组织"的运动，抓起来三打两打，有人屈打成招，编出个政治案件来，把辅导过他们的诗人、编辑曲有源咬了进去，竟演成了清查曲有源诗作的文字狱。同在长春的老诗人、《解放军进行曲》词作者公木和文艺界一些朋友到处呼吁依法澄清。《诗刊》刊发了人民文学出版社诗歌编辑郭宝臣《评曲有源的政治抒情诗》，告诉人们怎样正确解读诗歌。这些都无济于事。最后还是通过王蒙请求当时主管政法的乔石出面过问，才使当地滥权者半推半就地网开一面，把曲有源放了出来。

于是我们知道一方面旧的冤假错案还没平反干净,一方面新的冤假错案又在制造中。我们在刊发了为陶铸、彭德怀平反的诗文后,又发表了邵荃麟、冯雪峰的儿女写的血泪文章,从刊发已故邓拓、田汉等的遗诗开始,又回溯介绍三十年代诗人殷夫、胡也频、蒋光慈、冯雪峰等的遗作,实在叫人感喟,难道中国这片土地竟如此不适合诗人的生存吗?

严辰持来关露的三首诗,这位三十年代在上海以新诗《太平洋的歌声》为人熟知的女诗人,人生之旅很长一段是在敌人的巢穴执行任务,更长一段在自己人的狱中受"审查",晚年改用旧体抒写情怀,如1973年写的:

久不提审,疑有不测风云

云沉日落雁声哀,疑有惊风暴雨来。
只要江山春色好,丹心不怯断头台。

岁暮放风

漫步亭(庭)园不敢前,羡它霜叶舞翩翻。
萦回好梦无音信,风雪愁怀又一年。

按照严辰的意思,在刊发关露的诗之前,先以"旧译新刊"的形式重发了署名瞿秋白译的普希金长诗名篇《茨冈》。这首诗旧说秋白没有译完,是锡金接着完成的。锡金这时告诉严辰,当年秋白去了江西,留在上海文化界工作的中共秘密党员关露,1936年组织了中国诗人协会，她替秋白把《茨冈》一诗译完，1938年还曾在静安寺女青年会开了卖票的朗诵会，关露本人也参加了演出。后来出版小册子关露不便具名，就由跟她一起搞诗歌活动的锡金代署了。1980年8月《诗刊》发表了关露的诗以后，该是我们编辑部没考虑作者的特殊情况，只按常规寄去两本样刊。锡金从上海来京到香山看望她，她给他十块钱，请他代买二十本当期刊物，锡金遍找住处附近的报摊，都没有《诗刊》零售，匆匆来去，没有办成，也没向严辰打个招呼。后来关露移居朝阳门内一间逼仄的小屋养病，严辰去探视，她也没顾上再提这件事。1982年12月8日凌晨关露在辗转病榻孤苦无告中去世，《诗刊》所能做的，也只是刊发了她的八首遗诗，以及严辰《何处寄哀思》和锡金《悼关露》二文，这是抗战前就与关露在上海有过交集的两位故人为她送行。关露年轻时爱文学尤其爱诗，其实不懂政治，却以知名作家、诗人身份深度介入了复杂而残酷的政治斗争，其所遭遇的曲折坎坷以至悲惨几乎是宿命的。这里关于她多说了几句，因为她身后这些年又近于被整个社会遗忘了。

然而，《诗刊》绝不是只发"遗作"的地方。即使光从1979、1980两年的版面上看，中国至少有五代诗人正为走出不幸的宿命沉思着，歌吟着，呼号着。不说风起云涌，也是后浪逐前浪。许多沉潜已久的名字和许多原来不见经传的名字，纷纷化为铅字出现。原来说呼唤老年和中年诗人归来，严辰多联系延安和敌后根据地的，邹荻帆多联系大后方的，我多联系五十年代出道的，这分工不期然的打乱了，比如严辰就从南京陈瘦竹教授处拿到了穆旦的遗诗，而健在诗人的信稿纷纷不请自来。不仅收邮件的麻包撑得越来越臜,而且先是虎坊路后是郊区小关临时办公地点,来访的诗友踪迹不断。特别要感激作品组,他们使编辑部成了诗人接待站,谈诗兴起,到了饭时,王燕生、雷霆、韩作荣、寇宗鄂们就移师小饭馆,当然不让作者做东。那时没有招待费一说,惭愧我虽在社里多少管点事,竟也没想到这一层。我比较古板,不擅交游,社里有人管我叫"五十年代人",也不知是褒是贬。

最近我从学者刘福春处借来一堆老刊物,本想把那一阵亮相的诗人一一点名,难了,当时版面上所见作者名单,恍若一部大陆新诗史的缩影,甚至比一般新诗史还全!其中除了已故的之外,数一数(用今天的说法)从二十世纪"00后"到"50后",凡活跃过的诗人一时都露过面(萧三还是十九世纪九十年代生人),有的一直执笔到新世纪。还有当时活跃的画家、木刻家和诗评家,把《诗刊》打扮得图文并茂,"议论"风生!

而且,已经可以遥望到,"60后"们也快来了。

这是严辰、邹荻帆、柯岩带领下,整个《诗刊》社一起干出来的成绩。打破了"没有诗歌"的死局。尤其始料不及的是,因转发了北岛、舒婷"自发刊物"上的诗,以其迥异于帮腔帮调的题材与风格,带来一阵清新的风,越刮越大,不难想象,不止吹皱一池春水了。

或明或暗地流传着物议,曰《诗刊》办成"右派刊物"了。也许出于万无一失的策略考虑,把矛头集中到,"邵某人不离开,诗刊办不好!"这种流言在基层飞,也向上层飞,企图影响决策。我知道这不是针对我个人的,何况今天不是1957年了,不为所动,付之一笑。听说在我来《诗刊》之前,有人就指着拙作《中国又有了诗歌》

中的一句"我要唱人民的悲欢,革命的恩仇!"说"他有什么资格唱人民的悲欢、革命的恩仇"!这类话语习惯由来久矣,只是连同打小报告的陋习,并没随着"文革"的结束而结束。有趣的是,柯岩告诉我,社里某人向其"王任重叔叔"(王时任中宣部长)控告说,《诗刊》邵某搞极左迫害她!王部长问老贺,有这事吗?据说老贺给解释了。幸亏贺敬之对《诗刊》门儿清,还给我挡过另外一回事:我经手发过广州军区诗人柯原一首诗,那里一位也写诗的创作干部写信给贺部长,说柯原在诗里骂他,柯岩问我怎么回事,我猜他们之间可能运动里有些龃龉,我怎么了解彼时彼地的背景,只能就诗论诗;若不接来信,不知内情,谁能看出柯原诗里有什么派性?后来由贺、柯直接回信,又让我发了上告者一首同样长短但跟"文革"不沾边的诗了事。

我悟到,所有的诗和诗人,以及诗歌刊物,都不可能有一条宽直平坦的"涅瓦大街"。我心坦然,说什么左派"右派",最要紧的是正派!

争议:我们需要什么样的诗歌?
我们把诗歌引到哪里去?

从1979年下半年往1980年走,除了黄永玉《天安门纪事》,刘祖慈《为高举和不高举的手臂歌唱——献给五届人大三次会议的颂歌》,姜文岩《遇罗克之歌》,张志民《假如鲁迅还活着》等外,版面上的"宏大抒情"渐少,更多是历史和现实的细节、诗人身体和精神的痛痒,通过诗的坩锅凝炼和升华的,更具个人特色的成品。如林希《无名河》,昌耀《大山的囚徒》,林子《给她》,流沙河《故园六咏(选四)》,曾卓《有赠》《悬崖上的树》,陈敬容《老去的是时间》,郭路生(食指)《我的最后的北京(原题〈这是四点零八分的北京〉)》,以及胡风的旧作《小草对阳光这样说》《雪花对土地这样说》……如果说这些篇精品列入现代中国诗经典之林而无愧,应该不算夸张吧?

在解放思想的大题目下,尺度稍有放宽,诗的题材、风格、手法上就呈现多样化的尝试。这在当时难免遇到质疑。像对艾青《绿》"好像绿色的墨水瓶倒翻了/到处是绿的……"泛化到一切山河草木都是绿墨水染成,有读者表示不理解,解释开就行了。而对言之成理,持之有故的质疑,就没有这么简单。

《诗刊》1980年1月号发表了杜运燮《秋》一诗(后来作者应约写了《我心目中的一个秋天》,就此诗作了平实的阐释)。不久,收到广州诗人、作家章明写于2月5日的一篇《令人气闷的"朦胧"》与上述的低级质疑不同,涉及诗歌审美的多视角,多层次,以及营造诗歌意象时的通感,诗歌语言所允许的某些合理变异等理论问题。当然,就章文引为例证的李小雨诗来说,小雨只写了南海之夜一颗椰子落入海水訇然有声的感觉,问题在于一种感觉能否构成一首独立的诗,质疑者追求诗的意义,关于"意义"也是值得讨论的。然因章明主要针对杜运燮《秋》提出看不懂,"令人气闷","看不懂"就成了问题的症结。在当时新诗读者中,这样的反应也有其代表性。编辑部十分重视,认为有必要展开讨论,决定由吴家瑾和评论组负责全力组织。鉴于长期缺少正常的文艺评论,历次运动,特别是不久前的"文革"把评论变成打人的大棒,记忆犹新,因此,社领导从严辰起一直关注这一讨论,认为要做好准备,慎重从事,在见刊前的组稿过程中,先开一段讨论会,让各方参与者把个人意见充分表达,论点交锋,说理为上,不怕尖锐,不搞骂仗。当时请了十几位中青年诗歌评论家,有教师,有编辑,以章明文章为引子,讨论由热烈而激烈,有时唇枪舌剑,面红耳赤。不过最要紧的是坚持了各抒己见,却不做结论。几个月后,8月号首发了章明的文章,同时发了晓鸣(老诗人郑敏教授)写的《诗的深浅与读诗的难易》,也是一家之言。以后每期刊发讨论稿时,都是大体上不同意见一半对一半(当然在讨论中也并非截然两家,见解也不免互有渗透)。表明编辑部组织讨论不求定于一是。

与此同时,以大量青年为主的诗歌作者已经迫不及待地涌上前来,其中在题材、风格、手法上不乏突破,甚至出现独具特色的鲜明主题。我在1979年初说北岛冷峻,舒婷温婉,同样显示了诗人的风骨;这时众多的青年诗人一一敞开自己的胸怀,尽力唱出自己的诗情,五光十色,目不暇接。

在读者和论者中,自会有一些人对当时某些"新"诗感到"不顺眼""不顺心"。《诗刊》在理论一线开展讨论是一方面,另一方面,我们要为年轻的弄潮儿鼓劲,不仅是把"地下"诗人引上地面的问题了。人们经常提到1980年10月号的《青春诗会》,其实在那之前,已经多次隆重地推出新人。

这年四月,《新人新作小辑》推出了张学梦、孙武军、高伐林、才树莲、顾城、王小妮、周涛、韦黎明、张廓、梦河、李发模、聂鑫森、傅天琳、邓海南、辛戈十五人的作品。严辰《写在新人新作小辑前面》,用诗一样的话语赞许有加,寄托厚望,代表了邹荻帆、柯岩,也代表了整个编辑部的心情。

8月,《春笋集》推出了杨炼、舒婷、王小妮、北岛、梅绍静、徐小鹤、陈所巨七人的作品。

10月,《青春诗会》登场,这是一次有十几人参加约半个月的改稿会展出的成果。严辰、邹荻帆、柯岩都曾亲自辅导,编辑部同仁热心参与,王燕生做了繁重烦琐的组织工作。专辑以梁小斌《雪白的墙》《中国,我的钥匙丢了》打头,第一次露面的还有带来《纪念碑》的江河。舒婷、王小妮和徐敬亚、叶延滨等,则已多次在包括《诗刊》在内的多家刊物上发表过作品了。关于这次诗会,人们也多次追述过,不赘。

紧接着,11月还编发了一次《青年作者七人集》,这都与《安徽文学》三十位新人诗作的专辑遥相呼应。1981年春夏,继中国作协第一届优秀新诗(集)评奖揭晓,《诗刊》社主办的全国中青年优秀诗歌奖也颁发了。在那以后两三年间,除了1984年10月我离开《诗刊》前又编发了一期《无名诗人专号》以外,没有再以青年作品的名目开专栏,因为中青年已占了作者的绝大多数。福建当地关于舒婷作品的讨论开展了一年多,起始火力甚猛,连舒婷的《祖国,我亲爱的祖国》,也被说成不像一个流水线上的女工应该写出的诗。这一标志性的事件,或许是以舒婷获奖而告终。

广大的诗歌新人,包括一部分探索"现代诗"有先锋倾向者(他们往往跟许多青年诗人一起被呼为"朦胧诗人",我总感到像"朦胧诗"这个约定俗成的命名一样不大切题),在八十年代初就这样登上中国的文学舞台。北大教授谢冕1980年5月在南宁一次会上做了以《在新的崛起面前》为题的发言,为这一诗歌现象欢呼促进。我当时在云南,听说公刘在会上犯病,乃写《云南云》寄赠他以表慰问。

我模糊地感到柯岩在大气候下提高了警惕和戒备心，随时在捕捉战机，要为保卫社会主义诗歌方向而斗争。这时她忽然提起一篇孙绍振的退稿，《新的美学原则的崛起》，叫评论组告诉作者还要刊登，请他再寄回来。在这之前，孙绍振发过一篇《给艺术的革新者更自由的空气》。已退的稿子本来是进一步阐释他的诗歌革新主张。孙绍振果然寄回他的定稿，稿末注明写作时间为"1980，10，21——1981，1，31"。1981年3月号《诗刊》上加了按语刊发，之前已经先在全编辑部当作"反面教材"，据此检查稿件，进行内部整肃。按语中说的期待"展开讨论"，跟半年多前大异其趣，成了期待"批判"的同义语。四月号评论版头条就发了程代熙有备而来的批孙文章。谢冕文是"第一个崛起"，孙绍振文就是"第二个崛起"了。徐敬亚赶末班车，在甘肃《当代文艺思潮》发表了《崛起的诗群》，是为"第三个崛起"，是稍后的事。

柯岩分析诗坛形势时，常问到某个诗作者、评论者"是不是造反派"，她从"文革"期间就深憎造反派，我们都知道并理解。编辑部里不是什么人都能帮她破解疑问。有一次，柯岩忽然对我说：你去告诉袁鹰，不要那么重用徐刚，那是个造反派！我说，干涉《人民日报》的内政不大好吧？过几天她又问，你告诉袁鹰了吗？我说，电话里说不清，还没找到机会面见袁鹰。她说，你告诉他，这是《诗刊》社对他的建议。我说，最好你代表《诗刊》社跟袁鹰同志说，你们不是很熟吗？她反问：你跟他不是也很熟吗！我后来勉为其难地对袁鹰转述了这件事，袁鹰满脸无奈，没说什么。

没想到转回《诗刊》社里，在一次主编会上，柯岩说葛洛曾向她提出，要求《诗刊》支援《人民文学》一位诗编辑。会上还没有展开像样的商议，柯岩即提出把韩作荣调去。在座的严辰、邹荻帆和我都感意外，一时不知从何说起。韩作荣出身黑龙江海林农家，刻苦读书，又有悟性，参军后学诗，进步很快。相识后给我的印象是正派、耿直，对严辰、邹荻帆和他在部队时的上级李瑛等老诗人都很尊重。柯岩见我们对调走韩作荣表现犹疑，随即又摆出了若干理由，如她听谁汇报说，韩在作品组办公室发了些什么不该发的议论；他跟诗友徐刚、叶文福过从密切；是韩作荣引进了叶文福那首惹麻烦的"将军"诗，等等。就这样，韩作荣就"支援"了《人民文学》。会下严辰曾对我说，韩作荣人很老实，工作积极，也有水平，放走对《诗刊》而言很可惜。（邵按：叶文福《追怀葛洛》一文提到1982年某天，他去老战友韩作荣家，得知作荣"遇到了一个过不去的难题——与一位来头很大的上级、诗刊副主编发生争吵，吵得'到了在《诗刊》社没法呆的地步了'。"以致作荣说"就是下地狱也不在这里待了。"于是他陪作荣一起去找葛洛帮忙。把作荣调到了人民文学社。此说可参考。）

　　二十多年后作荣在《人民文学》主编任上退休。可惜天不假年，不久就以六十多岁早逝，令人痛惜。对他的人格与文格，诗人们和文学界同仁无不深深肯定。

　　直到三十年后，这一次我认真翻看了1983年10月重庆诗歌讨论会后各期刊物，才在12月号有关"高举社会主义诗歌的旗帜"的二十六页篇幅中，从柯岩会议期间在西南师院的长篇讲话，找到以下一段话可算当时没找到的谜底：

前些时,外面有一种误传,说是《诗刊》捧起了十七颗新星,现在又来骂他们了。首先声明,我们从没有把他们认作"新星",并且至今也不是骂他们。只是在1980年,《诗刊》召开了一个"青春诗会",选了一些当时涌现出来的,写诗有希望的青年来学习。坦白地说,是想加以"引导"的。……

遗憾的是,在会议中途他们中的一些人就拒绝接受我们的"引导"了。在许多老诗人热情洋溢地给他们讲诗时,有人却在下面递条子,说这些老诗人"该死了","早该死了"……在会外就被"崛起"者们"引导"了去。而这一切,我们当时是不知道的。我们的过错是,知道了之后,没有继续做他们的工作,也没有采取什么有力的措施。这是我们的失职,是应该引以为训的。至于后来,有的人被"引导"至咒骂扬子江是"尸布",埋怨自动化"流水线"消失了"自我",则是我们完全不能同意的了。

但不赞同也不是一棍子打死,而是要继续做工作,来重庆开会,就是工作,会后还要写文章,交谈,讨论……都是工作,批评"崛起"论,也无非是想把走入歧途的青年同志拉回来,投到人民的怀抱中来。

至于每个人走什么路,怎么走?每个人有自己选择的权利。

我依稀记得,1980年就听说在青年作者改稿会时,有人听老诗人讲话不专心,私下传条子,对贺敬之的某些诗作有所不敬,说"让他的诗给害苦了"等,是极而言之的牢骚话,柯岩有耳报神,可能很快就知道了。但似乎没人说什么老一辈该死的话。当时,贵州诗人黄翔散发一本油印诗歌小册子,发刊词特指老诗人艾青"颤巍巍地走在前面"云云,引申出对老一辈的诅咒(还因来件寄到《诗刊》社,信封上要求转给艾青,王燕生热心随其他信件等送到艾青家,为此还受到误会)。柯岩可能把两件事记混了。但她从那时就对舒婷等人不满,一改原先热情支持、保护的态度。(邵按:最近又听说,当年有一次孙绍振在北京一个大学开讲座,曾提到学诗经历,说过类似让贺敬之、郭小川的诗风给害苦了之类的话,并闻柯岩亦在座听讲。其时当在《诗刊》评论组为"朦胧诗"组织不同意见诸家开班研讨前后,则似应在"青春诗会"之前,更在评论组受命向孙讨还退稿之前。此说亦可参考。)

有了波兰事件和相应的雷厉风行禁绝非法报刊、非法组织的大背景(落实到诗歌界,主要是一些青年自印的小诗册,以及他们的小诗社都消隐了),又发现了青年诗人的"不驯"言行(特别是谢冕主编的《诗探索》在会期中请了一些与会者写了简短诗观和感言,如顾城说"不能再做螺丝钉了"等)这些小背景,柯岩重提北岛"文革"后期写的《回答》诗中的"我——不——相——信",指为消解"三信",违反四项基本原则的严重问题,确实大大提高了我们的认识。

到了1983年六七月间,作协宣布严辰离休,由邹荻帆接任主编。艾青开玩笑说:等荻帆退了,就由柯岩接任主编。这时好像柯岩已经增补为作协书记处书记,分管《诗刊》,就像后来高洪波任职的格局一样。

这年九月,快过节了,柯岩通知我,准备"十一"期间去重庆开会。原来夏末柯在北戴河创作之家（或大连海滨黑石礁别墅），向重庆作协一位姓王的成员（记得好像是先写诗后写小说的一位作家）表达了作协希望到那里开一个诗歌讨论会的意向，经王同志沟通成功。10月2日，柯岩偕作协另一领导也是诗人的朱子奇飞重庆，我和作品组组长杨金亭随行（主编邹荻帆到新疆石河子参加杨牧张罗的诗会去了，吴家瑾留下看家）。到那里，连夜组成由中国作协朱子奇、柯岩和重庆市文联（或作协）方敬、杨山组成的领导小组，10月3日如期开会。朱子奇宣读了题为《高举社会主义诗歌的旗帜》的主题发言代开幕词，记得柯岩带去了几位北京评论界人士如程代熙的《给徐敬亚的公开信》等文章也在会上宣读，接着像一切会议的程序似的，就此展开表态。与会的北京来客，诗人雷抒雁从总体上否定了北岛的《白日梦》，逐字逐句严词批判，指出其要害是违反四项基本原则。《解放军文艺》资深编辑、也写过不少诗歌的纪鹏，则主要针对舒婷的诗说了自己否定性的读后感。这些重量级的发言，使参会的诗友们顿开茅塞，但因倾盆大雨来得突然，许多人一时反应不过来，表态似乎没达到预期高度。这样开了两天或三天的会，最后一天下午将要通过连夜赶出来的"会议纪要"（这也成了后来新华社报道的蓝本）。我在午后宣读这一会议文件前也发了一次言，当然从任何一个意义上，都没有记录到这个"纪要"的价值。

会后，柯岩、朱子奇、杨金亭和个别外地诗友，在重庆主人邀请下乘船下三峡，我因身体不适匆匆独自回京。柯岩回京后，在首都剧场召开一次隆重的报告会，向首都诗歌和文艺界传达重庆诗歌讨论会的精神，这一精神基本上已由新华社电讯播发全国，又在

《诗刊》连续宣传了几期。

这年10月中旬吧,中共中央二中全会公报发布,开展"清除污染"运动,我恍然大悟,重庆这次会不大,意义可不小,它得了中央最新决策的先机,以批判诗歌界谢冕、孙绍振、徐敬亚的"三个崛起"谬说开路,为文化战线的"清污"立下头功。我得厕身其间,与有荣焉。

中国作协党组副书记、书记处常务书记冯牧,作为我尊敬的文学理论批评家,平常跟我直接接触不多。我回京后有一天突然打电话来,头一句话好像不是对我说的,或是正在与什么人交谈,冷不丁冒出一句,"事前也不跟我们打个招呼",然后对我说:"重庆的会有录音吗?"我说重庆文联有录音,他说你让方敬同志给我复制一套来,就把电话挂了。我想这是领导交办的正常工作,随即打电话给方敬,我以前虽不认识他,但1949年前就读过他的诗,后来又知道他是何其芳的同乡和姻亲,对他有种亲切感;但没想到我电话里转达了冯牧的要求之后,他稍停几秒钟,冷冷的公事公办地说,冯牧认识我,叫他直接打电话给我!于是我发觉自己又干了一件天真的傻事。

由此我意识到自己处境的尴尬,何苦陷入领导层的夹板当中去?由此萌生退志。

独自反省,我在《诗刊》业务工作中,有不少不及一一备述的差错和遗憾,但六年来跟着严辰、邹荻帆、前期的柯岩,以及作协有关领导,大体上还了我许过的愿,实现了参与把中老年诗人从遮蔽中接引归来,把"地下"的诗人和更多青年作者推到阳光下的初衷;严辰1980年恳切地要我来跟他"同甘共苦",我从1950年代得沐师恩，终得近距离共事一场，同历小小风雨，也是"五百年修得同船渡"的缘分，堪以为慰了。

1984年秋，我以"惹不起，躲得起"的犬儒心态，决心跳出是非之地，乃向作协党组书记唐达成"请长假"，不再参加和过问《诗刊》的编务。用门罗的典故，我是"逃离"诗坛，遁入独自写杂文的生涯。而我注意到，严辰仍对诗歌情有独钟，他在直到1988年还亲自点名编了第三套"诗人丛书"，而在他主编的第二套丛书中，原有昌耀一本，但有关出版社以"看不懂"为由退稿，严辰也无可奈何。不然的话，这将是昌耀的第一本诗集。

十几年后，收到方敬老寄赠我新出诗集的签名本，我喜出望外。不论何时何地，友谊和善意都比恼人的记忆更长久。

2014年10月3日

柳荫：最后的一位"晋察冀诗人"

大家都知道柳荫为人淡泊，从不伸手讨要什么，晚年退居家中，日常生活，他也从无所求。亲人已经习惯，他除了到街头散步，往往从早到晚窗前独坐，读书，沉思，再就是在稿纸和便笺上写着他一位老友取笑的"中学生的蝇头小楷"，这表明他视力不弱，下笔认真，更证明他是在用他"心灵的脚步"逡巡着，漫游着，追索着。

家人和朋友都知道他总在写着什么，但并不确知他在写诗。

从现在我们看到的柳荫诗稿，发现曾经注明的最早写作日期是1978年。那已经是"文革"以后，他到了花甲之年，卸下了肩头压了他几十年的，他孜孜以赴却又曾招致"罪名"的工作责任，开始自己安排自己的生活日程。

回首平生，他想到的是时间和生命。

他在《时光》一诗里这样写道：

> 你比我们居住的世界要古老，你比天上的星辰都要年迈，你的阅历不知有哪个能相比。可是，你的心胸永远年轻、热情又率直。
>
> 你把人们带到尘寰，又送来清晨，送来黄昏。每个清晨都

给人一次／新的生活希望,而每个黄昏又启迪人／把希望寄托又一个清晨。

……

无论古圣先贤,还是当今智者,还不见哪个能改变这个常情;人的生命只有一次,在你那里,也不曾有过去时／两个同样的清晨,同样的黄昏。

在四分之一世纪左右的岁月里,柳荫几乎是以他暮年的全身心,伴随时光倒溯难以磨灭的记忆。记忆是一个人生命的家园,也是诗的渊薮。

他出生在吉林扶余的农家,家乡被日本侵略军占领后,他十几岁流亡关内,像比他略长几岁的孙犁那样,先是在北平古城蹲图书馆,卖稿,求职,扩大了生活和文学的视野,学会从政治上盱衡抗日救亡的全局,找到了组织关系就奔向延安。

柳荫惜墨如金,他没有在暮年诗作中写下关于延安后方的记忆,却一首又一首地恋念着他在晋察冀边区投身山地游击战的日子里共患难同战斗的人们。连续几个夜晚,跟敌人穿插行军,寻找战机的路上,多少次在村庄外,山弯路口,都会遇到黑影幢幢里闪出的民兵,指引着他们绕开地雷小心前进,于是一声轻轻的"辛苦了,同志!"换来同样轻声的乡音:"你们也辛苦了,同志!"(《相遇》)这两句成了终生难忘的话语。也还是四十年前的一个月夜,游击队员们费力地撬起一块巨大的磐石,覆盖在一位他们同龄的女卫生员阴冷幽暗的墓穴上:"生前,没能从敌人手中将她夺回,死后就让她安安稳稳躺在这里吧。"(《在那有一块大石板的地方》)。

我们读过留在《晋察冀诗抄》中那些当时的诗作,这些四十多年后追忆往事的长歌与短章依然清晰地复原了现场的情绪和氛围,就以这样质朴无华的叙事,倾诉了并非仅仅是怀旧的情愫。这些作品比当年的现场之作,有所不同的是加重了时间的份量,如《我的一个青年战友》中有这样几句:"他的战斗历程太短暂!但我相信:他所爆发的生命的光芒／足够使那些专为自己猎取私利,夸饰个人声誉的羞愧难当。"这是当时不可能产生的感慨,也是一个善良的人所做的道德谴责。

但所有涉及抗日战争的作品,都记录了侵略者的暴行。《昨天的故事》写了一个十四岁的"报信少年"被日本人残酷地剁掉了右手食指,为的是不让他再有扳动枪机的可能;而《两界岭下》追念的是一位不止一次在看场屋里热情接待他往来留宿的满仓大爷,是为全村看管粮仓的一位孤老,一次战役后重过旧地时,场屋已成废墟,人们告诉他,老人被日本兵投入烈火烧死了。许多年后,在火车上遇到一个当地的后生,问起原地为老汉埋骨的坟茔,回答的是支支吾吾……

柳荫深情眷念着晋察冀的死者与生者,他在六十年代前期不止一次表示过极想回到抗日老根据地探望那生死与共的老乡们,那舍生忘死掩护过他们的老房东,现在能吃得饱吗?但种种原因所限,似乎始终没能成行,成了永远的遗憾。他常想起为了把生路让给乡亲和战友而把敌人的火力吸引向自身的年轻战友,脱险后来不及打听他的下落,就进入新的战斗,这位战友只能以传说的形式存在着。(《每个人都有一度大好年华》)他还常常想起,在一次战斗的间隙,他走过战场,路旁山坡草地上躺着一位战士装束的年轻人,像在小憩,却是身卧血泊中。(《纪念碑》)柳荫想,烈士们并没有默默地离开我们,"在山区,过去的战场,有数不尽的奇峰峻岭,都是直接参战者、目击者,它们将亘古长存",他期待着这些巍巍群山成为在抗日战争中牺牲的无名战士、忠贞儿女的"纪念碑"。

那是柳荫在事过四十年后的朴素愿望;至今已近七十年,我们面对柳荫的诗稿,如同面对一方纸上的纪念碑。

柳荫在晚年缅怀青春时,也写下了《风暴间的宁静——战地生活偶忆》这样珍惜和平生活的温煦的画面:

一

战地生活,也伴随有宁静的时分。
当敌机投下的炸弹,风暴般扫过,
山村气息,如同岩边小河水波粼粼
顿时恢复了自在、安详,有韵律地
继续向前缓缓流淌。时近黄昏
炊烟绕上山腰,家家生火做饭。
一连声悠长、低沉、喑哑的吆呼
"牛回来喽!"牧人跟在牛群后面
看着它们到村口兴冲冲地四下散开,
朝向各自熟悉的柴门、栏圈归去……
就这样同村人一起,镇定而坚毅
迎送战火会随时烧来的日日夜夜。

二

一只母鸡兴奋的咯嗒咯嗒地叫着。

> 隐藏在秋阳山阴下，一排茅舍，
> 村人清早离家下田抢收庄稼去了，
> 携带着镰耙、瓦罐，户户门窗紧闭。
> 一个子弟兵路过井台给战马饮水，
> 唿地，惊起道旁悄悄觅食的鸟雀。
> 十里外，昨夜不断地传来枪弹声，
> 人们习惯了在战斗中生活、劳动，
> 没谁顾上来向战士询问火线敌情，
> 唯有那只母鸡咯嗒咯嗒不歇啼叫，
> 回荡在淡淡秋阳下的山峦河谷间，
> 打破这硝烟漫空的小小村落的寂静。

这里战斗间歇片刻宁静，烘托出敌后军民对生活的热爱，对和平的向往，不惜与敌拼死战斗、争取和平生活的决心。

更有《久没有听见红枣的赞歌了》那样的激情之章，反复轮唱着"大红枣啊，甜又甜（左口，右来）……""哦，甜甜的大红枣啊……"那丰收季节的喜悦之情，那子弟兵和老百姓打成一片的欢欣鼓舞，共渡难关抗战到底的同仇敌忾信心百倍，真的叫"一条心"，这是历史的机缘。亲历者是幸福的。

柳荫在抒写晋察冀这个第二故乡的同时，也几度梦回远在风雪迷漫中的关外故乡的童年。他写《故乡的风》，写《带露的草径》，写《冬晨，在我出生的地方》，写《春天，忆童年》，又写春夏秋冬四季的《故乡风采》，他忆念故乡山里人夜间执着艾蒿绳点火上路，又惦着老家集市上的繁华的吆喝声，这是日本入侵前的印象了。老年柳荫在诗里说:"即便是颗顶小的种子,对自己的乡土／也怀抱一个铺满茂草繁花的梦"。

柳荫是独子,故乡已无亲人。但他后来一直没有回乡一温童年的旧梦,也许是跟没能重返晋察冀山村一样是平生的遗憾吧,但他如果回去了,他又会说些什么,写些什么呢?

如果从1978年算起,大约有四五年的时间,柳荫浸沉在对晋察冀战斗岁月的回忆中,他的诗思总是在山地行军、接火、休整中的战友和老百姓身边萦绕,却不是慷慨激昂的倾诉,而是抱着悼亡和怀旧之情,记起这样那样难忘的瞬间,温情脉脉地絮语衷肠。就像他的《风暴间的宁静》让我们想起孙犁笔下白洋淀姑娘媳妇们在月下编苇席,柳荫更多的诗让我们想起孙犁《山地记忆》等篇章。

现在的年轻读者,了解了整个抗日战争的全局,在充分肯定了正面战场的生死决战的同时,对敌后游击战争在牵制日寇方面的作用往往不屑一顾,又由于"文革"期间大量电影禁演,反复上映《地雷战》《地道战》激起的逆反心理,以致对日寇封锁、扫荡下抗日军民的冒死抗争,也相应地持冷漠的态度:不能不说这是一种倾向掩盖着另一种倾向,所谓矫枉过正吧。据我当时身在沦陷区有限的了解,日伪当局仅在华北发动的几次所谓"治安强化"运动,矛头所向直指不堪忍受亡国奴的命运,而奋起抗日救亡的所有中国人,特别是这些穷乡僻壤的农民处于多方的劣势,但不甘束手就死,为了保命、保家,而千方百计抵御外侮,包括可能条件下利用地雷、地道与敌周旋,打麻雀战,骚扰敌人,有胜有负,有先胜后负,小胜大负,一旦败于敌手,难逃被屈辱、遭屠戮的厄运;敌军所到之处,实行"三光"政策,杀光、烧光、抢光……不一而足。当然,在敌后的屠杀,一般以村为单位,卷入的人数无法与正面战场尤其是大会战造成我方军民的伤亡相比,然而,试想,同样死于日本入侵者枪下的中国军民,即使只有一个人,也是一条鲜活的生命,背后是一个有老有小的家庭。何况罹难者是你一起日夜转战的弟兄,是你寄其篱下为你做饭打掩护的房东一家和邻里乡亲!

柳荫终于把他对那些年代同甘共苦的生者与死者的忆念,都留在纸上了。

最初写作始于"文革"结束,不排除对"文革"中反"党内民主派"等倒行逆施的抗议和辩诬的驱动,但决不仅限于此;与此同时,柳荫间也写诗谴责革命营垒中进行政治投机的小人,不排除"文革"中的世相使他有不能已于言者,但他的写作动机也决不仅限于此。他是以历经磨难而终未泯灭的良知,把生活中可见的善恶,化为诗中的美丑,这就有了普遍的意义。

如他写的《外套》(这个标题叫人想起果戈理的同名小说,是偶合吗):

他的外套,里和面 / 可以翻转着穿。
今天这家办喜事,他穿红的衣面赴宴。
明天那家办丧事,他翻穿黑的衣里吊唁。
不管什么气候 / 都是"适合时宜"的人;
要红就红,要黑就黑,脸色都不需变一变。

这是比较含蓄的,另如《沉默与喧嚷》虽是借"知了"作寓言,却忍不住"卒章显其志":

"知了,知了!"/ 喧嚷,沉默,一切服从气候。谁能知道它们究竟悟到了 / 什么样深奥的"哲理"。

在《历史会说得清的》和《诚实》二诗中,作者也都急切地表明自己的态度,如后者:

一颗诚实的心,有时也会受辱、蒙难,敢于面对这样的命运,才能做个诚实的人。

这是柳荫为人的自律,也是他为文为诗的准绳。完全契合中国的传统道德。章学诚说:"修辞立其诚。"经过"文革"这十年把"瞒"和"骗"集其大成而登峰造极的磨炼,柳荫在重新执笔的时候,选择了从教条和官话回归良知与初心。

我们看到的,柳荫最后的诗,是从 1995 至 1997 年的《淡笔散句》到 1998、1999 两年的《八四拾句》《八五拾句》,共约三百五十余首,作者称之为若干则。

这三百余则"散句"写得十分自由。长者达数百字,短的只有一行,如《笼》:"一只鸟笼,一部囚歌。"有的略呈格律化,但不拘绳墨,有的却是道地的散文诗。柳荫 1995 年在卷首写过几句"题外语"来解题:"淡笔,淡话的别写;散句,非文非诗的拟名。顾其所云,思维陈旧,且不合章法格律。草草记下,藉与师友略通心息,不足为外人道。"

他在这里说的"心息",乃自铸新词,却表明他的心态已经完全放开，只求表达如意。看来，他随时在沉思中有所得，已不暇仔细雕琢，只求把稍纵即逝的思绪、意念捉住，让它鸿爪留痕，所谓"不足为外人道"，犹如钱钟书说"学问"，是"荒江野老屋中二三素心人商量"之事，或切磋，或推敲，或无言默契，或相与一笑而罢。

柳荫也曾把这些散墨题作"涓思录""忘言草""岁忘草"等，总之他已从写作感性的诗走向反思的诗，从抒情言志进而向知性倾斜；这是我们在其他称为"晋察冀诗人"的笔下没有看到的，一是那些当年入选《晋察冀诗抄》的作者，主要活跃于青春，于战时，如陈辉且早已牺牲，田间、红杨树（魏巍）、曼晴以至孙犁等或虽仍写诗而别有关注，或已弃诗从"文"（小说，散文）乃至从政，还有一些人则中途搁笔。这样，经历了战后的极端年代，直到晚年，回首以诗笔总结人生的，我以为，来自晋察冀的老人，其惟柳荫乎！在临近中国抗日战争和世界反法西斯战争胜利七十周年的2014、2015年度之际，他可以作为最后一位"晋察冀诗人"进入现代诗史。

我说过，由于种种机缘，我有"晋察冀情结"，但我对当年边区文艺界活动和文学创作没有系统的研究。对柳荫，我也仅知他似只有作为职务写作的报道性稿件见报。不知他当年曾否发表过诗作。以他晚年写诗一入手就显示了诗艺纯熟，则年轻时打游击、当记者时，必定曾写过诗，然因限于战时条件，也因他一向低调，或只藏于背包，或偶与战友分享，几经战乱，恐怕多已失散了。这是殊为可惜的。

但他晚年勤奋笔耕所存的数百首诗（我是把他的"淡笔散句"，视同泰戈尔式的短诗的），多少弥补了这一遗憾。他的这些作品，也为一代晋察冀诗人填充了在二战后写作的空白，而且，我们跟着柳荫的诗笔一路走来，可以见证直至二十世纪末，这位晋察冀老战士的痛定思痛，与不改初衷的理想主义和家国情怀。这原是当年晋察冀诗人们和投身敌后抗战的知识分子们的灵魂之所在吧。

也许柳荫自己并没有充分自觉意识到这一点，他只是情动于中，不能自已，笔之于书。但他越到后来，对这些作品的珍视，越是远超他对平生从事新闻广播的功业的重视，纵然他未必像另一位老延安曾彦修，把几十年（除去"反右"划入另类后二十年）从事宣传、出版领导工作，归结为一句话"办公而已"；但柳荫显然如他在致友人书中说的，对那些纠结多年的功过，早已淡然。他后来四分之一的生命，实际是专注于写他自己这些长期秘而不宣的分行或连行的文字了。

我想，柳荫晚年反复甄选、抄存这些作品，不是工匠对自己制作的器物和饰品的把玩，他是在不断审视他写给自己亲人、子女，更是写给历史，写给一代代离他的时代越来越远的后人的遗嘱啊。

让我们领会柳荫这不曾明说出来的一片深情吧。

2014 年 12 月 18 日

读张宝林诗

张宝林兄久未见面,翻读他发来的近作,《檐下听禽》挺传神,不但传听者之神,且能传禽鸟之神:

> 晶莹紫玉挂藤枝,正是园禽偷眼时。
> 几处呼朋鸣左右,三番觅隙计栖离。
> 盘中已满何须撷,棚里还多只管窥。
> 我自品茶听鸟语,低檐细雨写闲诗。

第一印象,好一幅文人画;再一涵泳,又觉不然。文人画里多闲适意境,人禽之间相互忘机,绝没有这里的小小心计:那鸟儿觊觎葡萄,不欲人知,但人已知之,鸟不知人已知,正在呼朋唤友,人知鸟不知我已知,而任其钻空觅隙,非欲擒之,乃姑纵之。一因"盘中已满""棚里还多",有分食共享的余裕,更因兴致端在"听鸟语""写闲诗",所以无心计较,亦无暇计较也。——这就是张宝林,与古之文人有同有不同的张宝林。

说他"无暇",他在品茶、听雨、写诗。说"写闲诗",细审则闲诗不闲。请看他在反法西斯战争胜利七十周年前夕,就曾写诗二首题为《开罗宣言》，原来，9月3日那个正日子，中国将隆重放映电影《开罗宣言》，近期海报配合推出四位伟人像，分别是毛泽东、罗斯福、丘吉尔、斯大林：

> 从来三巨蒋罗邱，戮力挥戈退日酋。
> 海报忽闻桃李代，开罗下月换人头。

> 初讶唐伶饰介公，开罗并驾两元戎。
> 谁知神剧开新面，果然关羽战秦琼。

当年开罗三巨头之盛会，是正史中的一章；今日某厂海报构成一则野史佚闻，若钩稽内幕，那是记者或史家的事情，诗人张宝林只是叹一声"关公战秦琼"罢了。然而这里就看出来注解的必要，因为一些年轻人，或年纪不小但不大关心世事的人，对那段历史不熟悉，倘不注明开罗会议为首的与会者是哪几人，就不能体会该剧组和海报创意者的用心良苦。

旧体诗，包括近于俚俗的打油诗，为了达到举一反三的语言效果，难免要用典。记得十年浩劫刚结束时，荒芜先生率先大写打油诗，纪故实并抒愤懑，其中颇多用典，有古典，也有今典。他怕一般读者看不懂，都加了注，往往注比诗长，于是一些知识人啧有烦言。但习以为常后，多数读者感谢作者为大家着想，看了注，明了背景，回头重读精炼的诗句，更耐琢磨，便觉得诗味更醇，言外之意也尽在其中了。

宝林《丙申正月初一咏猴》可作一例：

新岁开张信笔驰,车中典故几人知。
楚猴空有衣冠相,宋芧岂无朝暮词。
两岸凄啼声已远,六龄怒打棒非宜。
达翁假说人猿别,细忖于今或可疑。

作者明知从俗写此类应景"油"诗,像"翻"出新意的比赛,偏要使游戏文章歪打正着,做出游戏以外的意思来:

唐传奇《谢小娥传》:"车中猴,车字,去上下各一画,是申字,又申属猴,故曰车中猴。"《庄子·齐物》狙公"朝三暮四"故事。《史记·项羽本纪》:"人言楚人沐猴而冠耳,果然。项王闻之,烹说者。"猴年春晚不邀六小龄童,网友愤怒声讨。达尔文进化论说人是猴子变的,这种假说,至今仍被质疑。(邵按:"两岸"句源自李白"两岸猿声啼不住,轻舟已过万重山"。)

六小龄童事属新闻,也许百年后才成典故;而达尔文的假说则是有别于土典的洋典。作者充分利用了用典的可能,形成比胡适《文学改良刍议》提倡"不用典"的新诗所特有的优势,调动读者连类所及的想象,遂使形象大于语言。

宝林写的打油诗,跟他说的"油坛"友人们一样,经过他们之手,早不再是过去带贬义的玩意儿,正经是寓庄于谐,不妨有情趣,有意趣,或有谐趣,亦大可嬉笑怒骂,皮里阳秋。

今年春节前,气温骤降,正是万千民工返乡之际,作者拥被高

卧,却不免萦念万里外:

无边风雪酿奇寒,塞北江南一色天。
出户先成鲜粽裹,闭门当学老龟眠。
返乡潮浪冰难冻,限号单双车不全。
我趁闲情寻短句,谁家局长又翻船。

【连日大寒,连广州都下雪了。民工担心冰雪遇阻,提前返乡者众,还有摩托车长蛇阵,拉家带口踏上归途。北京市两会代表热议供暖季是否单双号限行。国家统计局长王保安1月26日下午答记者问,开完会就被双规了。】

初读此诗开头,以为会向白居易式的关注民生倾斜。再读"鲜粽""老龟"的明喻,岔道了。继而牵挂风雪夜归人、长安路上车,尽是红尘烦恼事,便知其所谓"我趁闲情寻短句"只是虚话。在一片胡涂乱抹纷繁狼藉的底色上,"谁家局长又翻船"才是配置最佳的结句。并不是"卒章显其志";而其中"谁家局长"的"谁家","又翻船"的"又"字,则又最堪回味也。

老于读诗的读者知道,作者于此等处,往往是吟哦所至,涉笔成趣,未必是长期蓄谋,伺机出手。切不可听信冬烘先生说诗,仿佛作八股文似的,有定规成法,讲究谋篇布局,"两句三年得,一吟双泪流",那是吓唬学生娃的。

但成熟的诗人也不是无所用心,全凭口占偶成或梦中得句。还以宝林为例,他是记者出身,博闻强记,眼观六路,耳听八方,加之要以诗纪史,必须言简意赅,不能连篇累牍,于是我们看到他匠

心独运,笔下出现了拼贴式的结构:

> 书坛年底起风波,庄子长吟行健歌。
> 小镇开怀才盛会,罪臣垂首已宫娥。
> 朝秦暮楚发财委,退日挥戈老万科。
> 国足豪言谁敢信,伤心欲念阿弥陀。

(书法家协会新任主席分不清庄子、易经。一万人的乌镇开世界互联网会,精兵四万拱卫。徐景贤出版"文革"回忆录。国际油价大跌,发改委拒不降油价。宝能系欲收购万科,王石反击。足协声称"10—20年跻身世界杯16强"。)

短短八句五十六个字,信手拈来岁尾年头一些新闻热点,政经文体,面面俱到,几乎不事点染,平仄相协,韵脚相押,水到渠成,融汇为一幅全景,没有斧凿痕迹。这样的体例,一口气得十八首,题为《岁末杂吟》,突出一个"杂"字,境界全出。正是白居易《与元九书》提倡的,"文章合为时而著,歌诗合为事而作",此中有深意存焉。

不同于白居易诗歌理念的,如王维,他提出"诗中有画,画中有诗",也没难倒白氏主张的"古典现实主义"。请把这杂诗十八首连缀起来,宁非二十一世纪的《清明上河图》乎!而且气魄大于张择端,海之内外,国之朝野,喜怒哀乐,生旦净丑,天上地下,俱收眼底。读到这里,若有所悟,这不是张宝林的"后现代"试笔么!?

宝林兄嘱为他的诗集作序,至此已经足够饶舌,谨以七律一首作结:

读张宝林近作有感

歌吟何必属闲情,人在中年鬓已星。
谁道无聊才码字,却因有恨且含英。
汹汹仗势难投鼠,栩栩画龙待点睛。
前路不愁知己少,座中吹笛到天明。

2016 年 8 月 21 日

读《尝试集》，赞今诗词
——《海内外名家诗词荟萃》代序

我常说我是全天候、全方位的诗歌爱好者和习作者，全天候好理解，全方位呢，就是指古今中外所有我能见到的诗歌了，尽管任何个人都不可能遍读天下的好诗。

我对所有读诗的人，满怀尊敬，引为同调。读诗并不会带来任何可见可触的功利，而在滚滚红尘中能抱持一份爱诗的天真，就是在心灵深处打扫出一方小小的净土。

我们即将迎来中国的"新诗百年"，这无论对于写新诗或写诗词——自由诗和格律诗的作者，都是一个重要的关节点。它让我们想到中国悠久的深水长流的诗歌传统（包括诗歌精神和诗歌体制两个方面）的继承和创新，以及新诗与旧体诗作者的文化素养等，这是个牵涉很广的问题。

带着这个问题，我重读了胡适的《尝试集》（1920 年初版、再版），这部新诗草创时最早的个人别集，今天许多年轻的新诗作者可能没有认真读过，而对旧体诗情有独钟的作者和读者更可能视为不值一顾的历史陈迹了。

不过，开卷便有收获。《尝试集》第二编收入了胡适作于 1917 年秋冬至 1919 年底用白话写作和翻译的自由体诗。而第一编则收入了他在这之前、1916 年夏至 1917 年夏用白话写的格律诗，有五七言，也有长短句。

我注意到，在初版和再版的第二编所收五阕词中，就有两阕中规中矩的《沁园春》，一题"二十五岁自寿"，一题"新俄万岁"。记起在什么地方读到过一个说法，毛泽东的《沁园春》是受到胡适《沁园春》影响的。

胡适1917年初开笔，"仅成半阕，而意已尽，遂弃置之"，复在4月17夜续成的《沁园春·新俄万岁》，前有序云："夫放逐囚拘十万男女志士于西伯利亚，此俄之所以不振而'沙'（按指沙皇）之所以终倒也。而爱自由谋革命者乃至十万人之多，囚居流徙，挫辱惨杀而无悔，此革命之所以终成，而新俄前途所以正未可量也。"

胡适这时欢呼俄国首都的革命，乃是指推翻沙皇帝制的二月民主革命。词云：

> 客子何思？冻雪层冰，北国名都。
> 乌衣蓝帽，轩昂年少，指挥杀贼，万众欢呼。
> 去独夫"沙"，张自由帜，此意于今果不虚。
> 论代价、有百年文字，多少头颅。
>
> 冰天十万囚徒，一万里飞来大赦书。
> 本为自由来，今同他去；与民贼战，毕竟谁输！
> 拍手高歌，"新俄万岁！"狂态君休笑老胡。
> 从今后，看这般快事，后起谁欤？

词中具见胡适跃跃欲试的少年锐气，所谓"狂态"后面便是激进的雄心了。

不仅此也,《尝试集》后附录胡适写于1910至1916年的《去国集》,共二十一题,都循旧体格律,最后一题是写于1916年4月12日的《沁园春·誓诗》,已张文学革命的大旗。其下片云:

文章革命何疑!且准备攀旗作健儿。
要前空千古,下开百世,收他臭腐,还我神奇。
为大中华,造新文学,此业吾曹欲让谁?
诗材料,有簇新世界,供我驱驰。

当时新文化的传播在知识界快速而广泛,毛泽东在投身参与之前,无疑就已是受众之一,可以肯定,渴求新知新思想、广搜博览的毛泽东,一定读过胡适的《尝试集》,必当心有戚戚焉。凡有写作经验的人都知道,阅读中有时一句一词乃至一字,如触及灵犀一点,都可成为诱发灵感的酵母。且不说胡词中的某些词汇,如前一阕中开头的"北国""冰雪""轩昂年少",三见的"今"字,都足以拨动毛泽东共鸣的心弦,于是我们看到毛早年两阕《沁园春》词中的"北国风光,千里冰封,万里雪飘","恰同学少年,风华正茂";而胡适词中"前空千古,下开百世","此业吾曹欲让谁","有簇新世界,供我驱驰"的胸怀,正堪下启毛泽东写于1925年的"指点江山,激扬文字,粪土当年万户侯",写于1938年的"俱往矣,数风流人物,还看今朝"。

从《尝试集》回顾百年前的诗事,如果不怀偏见,从附录《去国集》的诗词中,一可看出胡适以格律言志抒情,已得心应手,二可看出,他的诗词内容既有"更不伤春,更不悲秋"的新意,用语也力避陈词滥调。当时与他唱和的同学任鸿隽等,与稍后支持他从事白话文、白话诗运动的同道,如周氏兄弟、俞平伯乃至陈独秀等,都是文史兼通,斟酌有素,写起诗词来更都是出手不凡的。他们"从旧的营垒中来",深知朝野上下占统治地位的旧体诗之病,故支持胡适的主张。胡适那时以"白话"即当代口语创作的新诗,今天看来,从思想感情的文字表达说,尚嫌稚嫩,往往不如他旧体诗的圆熟,甚至不如他《尝试集》第一编中用白话写的格律诗,那些支持他创新的友人,怕不是看不出来,但仍然给胡适鼓劲,大作"文学革命""新诗革命"的文章。革命是什么?从一种崭新的文学样式看,倘非如此着力,断难分享阳光与水,茁壮成长。自然,近百年的诗歌发展史证明,任何文学作品或体式想要站住脚跟,在竞争中获得优势,都不能仅靠外力支撑,而是要自身的生命力才行。然而,"五四"时期新文学和新诗的先行者们,那一片保护扶植新生幼芽的苦心,经历百年,应该被后人体会了吧。

事实上,国人公认的,中国古典诗歌,自有它源远流长的生命力,经过"五四"时期的阻击,成为不入主流的潜流,但就是到了上世纪六七十年代浩劫中,主要在民间依然有大量秘密状态的诗词写作,林昭狱中以血书诗,依然是新诗旧体并举。诗国人民久被压抑的诗情,在1976年天安门运动中有了一次喷发,进入八十年代后,更是一发而不可收。流传多年的所谓"旧体诗不易学,不宜在青年中提倡"之说,也许在战争年代有相对的合理性,到了和平时期便不攻自破了。

我们欣见今天海内外写旧体诗的作者面,日益扩大,而且不断补充了生力军。就以这部"诗词荟萃"为例,三百多位入选的作者,大多数属于1949年后出生的几代人。他们不仅以中青年的青春姿态取胜,其作品已经证明他们的实力。关注中国诗词前途的朋友,再也不必嗟叹后继无人了。

与此同时,中国的新诗,在经过连毛泽东都叹道"没有小说,没有诗歌"的非常年代之后,迎来了1970年代末至1980年代的复苏,进入多元化格局,随后略有起伏,继续在众声喧哗中前进。

胡适在"五四"的文学革命、新诗革命中,率先探求了中国文学和诗歌的多种可能性。他毅然抛开格律,为白话诗——新诗开辟了内容和形式的全新道路,功不可没。不过,在自嘲个人的新诗写得像缠足妇人放脚的同时,他更连之前不久实验期间以白话写的格律诗(收入了《尝试集》第一编),也一并弃置,却欠商量。

按,中国历代文学中,诗词歌赋都以有韵为前提,风骚以降,古风杂言到五七言诗,到长短句词曲,诸体格律各有宽严,但两三千年间的诗歌语言,始终是书面语言和口头语言并存并行。旧时的民间谣谚、某些绝句和词曲用的是古代口语,某些古风也不排斥口语的句子结构。这样的传统至今不绝如缕,在五七言近体律诗之外,口语和散文句法入诗,甚且蔚成风气。回看胡适当年,收入《尝试集》第一编中以白话写的旧体诗中,他实际上已把自由诗的精神和口语化的表达一起注入了旧格律。这不但不足为病,而且在今天新诗与旧体诗——自由诗与格律诗双轨并行、共存共荣的格局下,也是一种尝试,可备一格,显示了诗歌在自由与格律、有韵与无韵、复古与创新、古今书面语与古今口语等多项交叉间形成的多样化,是不违胡适和其他先行者求诗文解放的初衷的。

让话题回返到今天,到今天写作诗词的朋友中来,我以为我们要探求的,归根到底还是一个诗歌的传承与代变,如何既不薄古(1958年学术界"大跃进"中威权人士提出"厚今薄古"),也不泥古,就如同写自由诗的朋友们一样,该把路走得更宽,而不是画地为牢。不怕有争议,但希望争议更加理性,在学术、艺术上不做结论。不妨你说你的,我说我的;你写你的,我写我的;大可不必唇枪舌剑,非打个你对我错,你死我活不可。那样一来,我们就不是现代文明中人,而倒退回蛮荒之境了。

行见以千百数的海内外读者,手此四百页厚重的大书,你们在欣赏三百多位我们同时代人的诗词佳作之前,想要了解此书之成的背景和旨归,编选和主审者的诗词理念,尽已从前言和后记中具悉一切。

一切将归于历史。此书众家的手笔,选家的眼光,在已有的和将有的各种当代诗词选本中,我们乐见其通过时间的检验。

主持者嘱序于我。说实话,我不是合适的作序人选。讲"出身"(非指阶级成分),我是写新诗出身。半路上,出于偶然试笔旧体,不仅未登堂奥,甚至可以说没有入门。不过逡巡在新旧两家门前,对两处"庭院深深",都曾留下一瞥的印象。不避谫陋,说了些重读《尝试集》的随感以报命。耽误读者的时间,姑且当作一席家常话儿吧。

谢谢!

2016年10月,丙申寒露于北京

"新地文丛"第一辑

有无之间	王　蒙
品诗	邵燕祥
漂亮时光	刘心武
夜深沉	苏　叶
我的文学旅程	马　森
南洋书写与论述	王润华
眼界	严家炎
依旧相信	陈平原
先生素描	丁　帆
儒箧集	徐兴无

图书在版编目（CIP）数据

品诗 / 邵燕祥著. — 南京：江苏凤凰文艺出版社，2019.1
（新地文丛）
ISBN 978-7-5594-2712-0

Ⅰ.①品… Ⅱ.①邵… Ⅲ.①散文集－中国－当代 Ⅳ.①I267

中国版本图书馆 CIP 数据核字(2018)第 182792 号

书　　名	品诗
著　　者	邵燕祥
主　　编	郭　枫
责任编辑	王　青　黄孝阳
出版发行	江苏凤凰文艺出版社
出版社地址	南京市中央路 165 号，邮编：210009
出版社网址	http://www.jswenyi.com
印　　刷	苏州越洋印刷有限公司
开　　本	880×1230 毫米　1/32
印　　张	8
字　　数	170 千字
版　　次	2019 年 1 月第 1 版　2019 年 1 月第 1 次印刷
标准书号	ISBN 978-7-5594-2712-0
定　　价	49.00 元

（江苏文艺版图书凡印刷、装订错误可随时向承印厂调换）